SEMPER BONIS ARTIBUS

E40

Literatur, die verbindet

Frankreich
Belgien
Deutschland
Polen
Belarus
Ukraine
Georgien
Armenien
Usbekistan
Turkmenistan
Kirgisistan
Tadschikistan
Kasachstan

Edition Europastraße – Band 1

Erstveröffentlichung auf Armenisch

Kofinanziert durch das
Programm Kreatives Europa
der Europäischen Union

Edition Europastraße ist ein Imprint der
Akademischen Verlagsbuchhandlung Friedrich Mauke KG
Westendstraße 24, 07743 Jena

Druck und Bindung: Dardedze hologrāfija SIA, Riga
ISBN 978-3-948259-10-5
www.mauke-verlag.de
2023

Susanna Harutyunyan

Raben vor Noah

ins Deutsche übersetzt von

Susanna Yeghoyan

Edition Europastraße

Sie hatte eingewilligt, das Kind zu töten, sobald es auf der Welt ist. Für die Entbindung sollte sie dreißig Eier bekommen – die Hälfte davon Puteneier –, obwohl Dienste dieser Art ihr meistens zehn Hühnereier einbrachten. Dazu kamen jene Beschimpfungen, mit denen man das Kind künftig rüffeln würde, sobald es unartig ist. »Schande über deine Muhme« war eine davon, bezogen auf jene hilfreiche Hand, die als allererste das Neugeborene angefasst hatte und deren Eigenheiten nun dem Kind zugeschrieben wurden. Die Beseitigung der Leibesfrucht war teurer. Sie hatte dafür ein grünes Tuch bekommen, und zwar schon an jenem Tag, an dem die hochschwangere Nachschun im Beisein aller am Brunnen versammelten Dorffrauen schlotternd die Knie in die harte Erde gerammt und vor Schmerz aufgeheult hatte. Zwei der Frauen griffen sie links und rechts unter den Armen und schleppten sie ins Haus. Derweil gebot Bawakan, die Frau des Maurers, aus dem Augenwinkel heraus einigen anderen Frauen, ihr zu folgen, auch Satho.

In den kurzen Pausen zwischen den Wehen hastete Satho hinaus ins Freie.

»Und?«

Die Frauen des Dorfes lauerten vor der Tür und blickten sie erwartungsvoll an. Sie rieben sich mit Schnee die frierenden Hände und ihre Blicke zerschnitten wie Schwerthiebe die nächtliche Stille.

»Noch nichts«, fauchte Satho und machte auf dem Absatz kehrt zurück ins Haus, um einen Schluck Apfelschnaps hinunterzugießen.

Mit der Fußspitze schob sie getrocknete Kuhfladen in den im Boden eingelassenen Tonir-Ofen, kniff im beißenden Rauch die Augenlider zusammen und herrschte die an der Tür Stehenden an:

»Macht die Rauchklappe auf!«

»Mondstrahlen werden die Gebärende durchbohren«, erwiderten diese im Chor.

Satho atmete laut keuchend den Rauch ein, rieb die tränenden Augen und näherte sich dem Bett.

»Es ist in Steißlage, ein Reiter«, erklärte sie der Geschundenen. »Wir warten etwas und wenn es nicht kommt, dann drehe ich es mit der Hand.«

Sie schlang der Frau die Bettdecke um die Beine, streichelte ihre Stirn und sah ihr mit einem tiefen Seufzer in die Augen.

»Es ist unser Urschmerz. Wir müssen ihn aushalten ... wem ankreiden!«

Der scharfe Schnaps, den man ihr gegeben hatte, um die Hände keimfrei zu machen, war beim Raus und Rein schon um die Hälfte geschrumpft.

Ihre Gedanken kreisten um das grüne Tuch, das sie von den Dorffrauen bekommen hatte und um die Gewissheit, dass diese sie umbringen würden, sollte sie nicht Wort halten. Haruth war so gut gewesen, vor einigen Monaten den Stoff auf Bitten der Schusterfrau mitzubringen. Die wollte damit eigentlich den Sini-Korb für die Verlobte des Sohnes auslegen. Aus Mitleid mit der jungen Frau willigte sie jedoch noch während die Dorffrauen auf Satho einredeten kurzerhand ein, den Stoff herzugeben. Am gleichen Tag entstand unter den

Händen des Schneiders daraus ein Burdik, damit Satho es sich bloß nicht anders überlegte und womöglich absprang.

Später einmal wird dieser grüne Mantel das Einzige sein, was die Greisin Satho in ihrem trüben Bewusstsein behalten hat. Mit ihren dann weit über neunzig Jahren wird sie, allen Menschen, allen Erinnerungen längst entrückt, den alten Stoff suchen und dabei das ganze Dorf auf den Kopf stellen.

»Mein Burdik, wo ist es? Wer hat ihn sich gekrallt?«

»Schaue doch in deiner Truhe nach. Schau in deinem zerwühlten Bettzeug nach«, werden die Menschen ihr antworten.

»Ach, ihr leichtgläubiges Armeniervolk«, wird Satho beim Durchstöbern von Haus und Dorf herumtönen, »weg ist es, einfach weg, gekrallt und beiseite geschafft ist es, was sonst. Auf dem Weg nach Eriwan ist es, auf Haruths Gespann.«

Aber damals, eingehüllt in den warmen Brotduft in Sawens Backstube und umgeben von wispernden Frauen, hatte sie beigepflichtet, dass man sich dieses Bauchs entledigen müsse.

»Wie kräftig ist wohl ein Neugeborenes? Die Hand auf Mund und Nase gepresst und das war's dann schon.«

Als sie jedoch sah, das Kind kommt nicht alleine, es werden Zwillinge, da dämmerte ihr, dass diese Aufgabe ihre Kräfte übersteigen würde. Eines wäre noch gegangen. Sie hätte der Mutter sagen können, das Kind sei tot auf die Welt gekommen. Schließlich entschied sie nicht das erste Mal über Leben und Tod. Unter ihrer Hand sind schon viele Leben dahingeschwunden. Das letzte Mal hatte sie der halbgaren Tochter des Schmieds geholfen. Für eine Woche hatte sie das arme Ding bei sich behalten. Sie gab ihr auf, die Eimer voll mit frischem Kuhmist auszuleeren in der Hoffnung, dass vom schweren Tragen die Frucht abgehen würde.

»Wer braucht einen ständigen lebenden Beweis der eigenen Schandtat«, redete sie dem Mädchen ein.

Aber offenbar waren die Eimer nicht schwer genug. Egal, was sie der Schwangeren einflößte oder unternahm, es blieb ohne Erfolg. Zwei Nächte hintereinander legte sie ihr Mahlsteine auf den Bauch, sodass das Rückgrat unter dem Druck knackte und die Knochen sich rieben. Aber abtreiben ließ sich damit nicht. Dann floss plötzlich trübes Wasser-Blut-Gemisch, spülte die Frucht aus. Sieben Monate alt war das kleine Bündel, so wie auch dieses Mal. Es war ein gesundes Kind, ein Junge. Er fiel ins Stroh und schrie wie am Spieß. Die Alte nahm sich seiner nicht an, nabelte ihn nicht ab. Zwei geschlagene Stunden brüllte er. Die Stimme ließ die Welt erschaudern. Aber er hauchte sein Leben nicht aus. Sie stahl sich hinaus, verkroch sich im Stall und überließ Mutter und Frühchen ihrem Schicksal. Wenn zumindest das Wetter passend gewesen wäre, dann hätte Haruth sich seiner angenommen, es nach Eriwan, Bajaset oder Aran mitgenommen und dort einem kinderlosen Paar anvertraut. Aber es war Winter wie jetzt, kälter sogar, und das Kind gesund, die Nabelschnur noch intakt und es schrie und schrie und erstickte endlich am eigenen Geschrei.

Damals war es leicht, da gab es keinerlei Zweifel oder Angst. Alle wussten Bescheid und sahen, dass das Mädchen es alleine nicht schaffen würde. Der Vater war ein alternder Eigenbrötler. Da gab es keinen anderen Ausweg. Der Schmied hatte Satho sogar einen Sack Mehl obendrauf versprochen.

Dieses Mal jedoch war es anders. Die arme Frau lag in den Wehen und wusste von nichts. Und es waren gleich zwei, die noch ungeboren so laut zum Himmel schrien, dass man es durch die Tür draußen hören konnte. Gesunde Schreie sind das. Außerdem war das bisher noch eine Rechnung ohne Haruth. Sollte er es erfahren, würde er ihr an Ort und Stelle den Kopf abreißen. Oder es kommt die schrecklichste Strafe von allen: das Pferd. Haruth hegte und pflegte es für besondere Anlässe. Einmal hatte Satho gesehen, wie er bei Sonnenaufgang den einen Knecht mit sich nahm. Was er angestellt hatte, war nie zu erfahren. Haruth trat dem Pferd in die Hoden. Das Tier riss sich, aufgeschreckt vom Schmerz, los und jagte davon. Es zerrte dabei den armen Teufel mit sich. Sein Fleisch und Blut schmierten den Fels. Gibt es auf der Welt etwas, das besser über einen Menschen zu richten vermag, als Steine? Auf die Frage »Wo ist denn dieser Kerl, den du letztes Wochenende unter Steinsalzbrocken versteckt ins Dorf gebracht hast?«, antwortete Haruth wortkarg: »Der hat nicht zu uns gehört, ist fort.« Niemand hätte es gewagt, Haruth erneut zu befragen oder von ihm Rechenschaft zu verlangen.

Der Gedanke an Haruth ließ Satho erschaudern. Aus ihren Poren brach kalter Schweiß aus. Sie fühlte, wie der Nacken klatschnass wurde und der hereinkommende Wind ihren Körper mit Gänsehaut überzog. Genau wie in jener Nacht, als Haruth auf dem offenen See geblieben war. Der frostige Wind versengte damals seine Lungen, Eiter quoll aus seinem Hals, der Schweiß rann ihm in Strömen herab. Sie hatte ihm mit weißem Lampenöl den Hals gereinigt und einen Kräutersud zum Trinken gegeben. Von ihrer unablässigen Zwiesprache mit ihm erhoffte sie sich, dass sein Fieber nachließe.

Im Fieber sprach Haruth damals auf die Neuankömmlinge bezogen:

»Satho, ich habe dir ja Zeit gelassen, damit du sie aufrichtest. Warum unternimmst du nichts?«

»Ihre Angst ist zu groß. Sonne fürchten sie und die Dunkelheit, Kälte, Hitze, Menschen und Wind ebenso. Sie essen und trinken kaum, mischen sich nicht unter die Leute. Die Mittel, die ich kenne, greifen bei ihnen nicht. Sie sind tief verängstigt. Ach, was sag ich? Sie sind vollkommen verstört«, rechtfertigte sie sich.

»Wenn deine üblichen Künste versagen, versuche es mit anderen«, stöhnte Haruth mit hitziger Stimme, die er mit großer Anstrengung aus dem glühenden Kopf stieß.

Und dann war die Entscheidung gefallen. Natürlich war die Angst da – vor der dunklen Nacht, vor den Raubtieren. Jedoch ließ selbst die Furcht vor Gott die Knie nicht weich werden, denn es war für eine gute Sache. Sobald die Nacht den Mond verschlang und die Welt sich in Dunkelheit kleidete, schwarz wie eine Taubenpupille, die alles in sich aufnahm, ritt Satho los auf dem Zornigen Pferd in die friedvolle Nacht hinein. Die nächtliche Atmosphäre war unheimlich. Sie bestand aus einem von allen Seiten kommendem Geheule, aus dem brüchigen Gekrächze der Bussarde, aus dem Gestöhn des in Felsschluchten erstickenden Windes, aus dem Gedonner der Steine, die von Berggipfeln herabrollten. Die Nachtstunden waren ein Zweikampf zwischen den Stimmen der Natur und der Stille des Universums. Mal gewann der eine Widersacher Oberhand, fasste den anderen an der Kehle und würgte ihn. Mal erstarkte der andere wieder und verpasste dem Gegner einen vernichtenden Schlag. So durchritt Satho die Nacht, festgeklammert am Rist des Pferdes, und wusste nicht, wessen Seite sie einnehmen sollte. Noch nie im Leben war ihre Angst so abgrundtief. Um ein Haar hätte sie von dem geplanten Unterfangen abgelassen. Aber unter ihren Schenkeln pulsierten wild pochende Adern. Das darin kochende Blut ließ Dampfwolken von den Rippen des verschwitzten Tieres aufsteigen. Satho erschauderte vor dem drohenden Unheil. Sollte sie nicht alles tun, was in ihrer Macht steht, würde dieses Strafgericht von Pferd ihren alten und schwachen Körper im Galopp hinter sich herschleifen. An einem Seil aus Rosshaar hängend, würden ihre morschen Knochen von Steinen zermalmt werden. Und niemand würde sich nach dem Sonnenuntergang mehr fragen, ob nun ihr Blut oder der Schweiß der Sonne die Steine gefärbt hat. Zum ersten Mal in ihrem Leben und als erster Mensch außer Haruth überhaupt, verließ sie das Dorf und kehrte an den Platz zurück, an dem er sie in einen Teppich gewickelt auf die Schulter genommen hatte, um sie heimlich hinauf in die Berge zu bringen. In der Finsternis ertastete sie sich den Weg zum Gräberfeld. Wie ein Hund kroch sie auf allen Vieren und wühlte das erstbeste Grab aus. Mit den Gebeinen daraus kehrte sie ins Dorf zurück. Sie wusch und trocknete sie, zerrieb sie in einem Mörser zu feinem Pulver, das sie anschließend in einem Schadsch röstete. Sie gab Mehl dazu und setzte einen Teig an. Den daraus gebackenen runden Brotlaib verteilte sie sodann an die Flüchtlinge, die endlich mit dem Knochenmehl auch ihre Ängste hinunterschluckten.

Mit Grauen blickte Satho zu den Bergen. Auf den dunstverhangenen Gipfeln erstickten die Wolken. Ein unheilvolles Gefühl überkam sie.

Vor der Tür, zusammen mit den wartenden Frauen, kauerte der Sohn von Wardanusch. Eingehüllt in die Kleidungsschichten der Mutter, ersehnte auch er den ersten Schrei des Neugeborenen, um die Nachricht Haruth zu überbringen. Der hatte ihm einen Welpen versprochen, einen mit nicht beschnittenen Ohren, den man zu einem richtigen Kampfhund abrichten könnte. Wohlig eingemummelt, stellte sich der Junge vor, wie er dem Hund beibrächte, Pfötchen zu geben und im rechten Moment anzuschlagen. Er zog die kalten Füße näher an sich heran, lauschte den missgelaunten Stimmen der Frauen und erlebte unfreiwillig das Geschehen mit: Sathos hektisches Tun, Nachschuns Qualen und die unsägliche Kälte der Nacht.

»So ist es mit den Kindern. Frisst die arme Frau auf, dabei ist es noch nicht einmal auf der Welt.«

Die Worte der Mutter hatten den Jungen ins Grübeln gebracht. So lange sprach man über dieses Kind schon, das ungeborene. Seit die Flüchtlinge ins Dorf gekommen sind, ist es in aller Munde. So wie wenn jemand stirbt – der Mensch ist schon weg, aber noch lange über sein Leben hinaus wird sein fehlendes Sein breitgewalzt.

Der Südwind brachte neuen eisigen Schnee und die Frauen wurden unruhiger.

»Immer noch nicht da?«

»So lange kann ja kein Mensch warten.«

»Hoffentlich haucht sie nicht die Seele aus, die Arme.«

Der Junge empfand Mitleid mit der jungen Frau, denn er hatte sie schon einmal tot erlebt. Das war entsetzlich und furchtbar traurig gewesen.

Der Junge dachte an jenen Tag, an dem er Nachschun zum ersten Mal gesehen hatte. Er musste wieder Späher spielen. Es war die Verlobungsfeier seiner Schwester. Die Mutter hatte ihm für den Wachdienst auf dem Berg süßen Halva aus dem Sini der Schwester versprochen. Er sollte ihr Bescheid geben, sobald das Gespann mit dem

Fisch ins Sichtfeld fahren würde. Der Karren ließ sich aber Zeit. Eine Schlange kroch gerade unter dem Grabstein aus der Erde hervor. Sie kam aus dem Jenseits, und so musste sie sich schwer und langsam bewegen, sich wie verknotet winden, zischend und zischelnd sich in Schlingen legen, um diese dann zur Entwirrung auf die Erde fließen zu lassen. Der Junge wartete ab, bis sie sich Stück um Stück herangeschlängelt hatte. Er sprang auf einen großen Stein und verfolgte gebannt, wie die Schlange sich zwischen einem großen Steinblock und einem alten Dornengewächs hindurchpresste. Schmerzhaft muss das sein. Geduldig sah er zu, wie das Tier sich stracks in die Länge zog und zum Opfertisch glitt, aus dem Gras und Blumen sprossen. Es war eine schwere Steinplatte, die Sonne und Blut aufgesogen hatte und unter ihrem eigenen Gewicht litt. Sie hing am Hals der Erde und drückte sie nach unten. Auf dem Rücken des Tisches war ein wuchtiges Kreuz eingemeißelt, auf dem seit jeher die Kehle des Opfertieres durchtrennt wird. Das schwarze Blut vom jüngsten Tieropfer hatte sich in den Riefen des Kreuzes verkrustet. Die Messer waren scharf gewesen, denn das Blut hatte die umliegenden Gräser benetzt. Deren Hälse und Schäfte waren noch mit roten und schwarzen Tropfen behängt, und die Wurzeln hatten sich wie Raubtiere mit dem roten Saft vollgesoffen. Die Schlange glitt über die heiße Steinplatte. Sie presste ihren glatten Bauch gegen das Kreuz, würgte es unter sich, gab die eigene Schwere zur Schwere des Blutes dazu und schlängelte sich davon ins Gras. Zwischen den Dornen sah der Junge ein sommersprossiges Geknäuel liegen, direkt zu seinen Füßen, zwischen den Steinen, fast seine nackten Zehen streifend. Er bückte sich, hob das Natternhemd auf und steckte es ein. Das wird ein Geschenk für seine

Schwester. Möge sie es in die Zöpfchen einflechten, damit diese länger werden. In der Hosentasche streichelte er den noch immer warmen Eidechsenschwanz, der – so hieß es – Reichtum verhieß. Zufrieden mit der bisherigen Ausbeute, setzte er sich auf den mit bunten Flechten bewachsenen Stein.

Dann tauchten sie auf. Beide jung, gesund, mit starkem sehnigem Geläuf, die Rute gewohnt. Den Kopf von Alo schmückte ein Daghighan, der ihm bequem auf der Stirn saß. Von Blos rechtem Horn baumelte eine weiche Troddel aus bunter Teppichwolle, deren Fäden im Takt der Kopfbewegung des Tieres wippten. Der Kutscher pfiff und der scharfe Ton durchschnitt die Luft. Die Ochsen reagierten sofort auf den Befehl und eilten los. Der beschleunigte Trott wirbelte Staub auf. Die Staubwolke stieg langsam unter den Beinen der Tiere auf, nicht sofort, wie bei davonpreschenden Pferden, sondern bedächtig, ähnlich dem, wie kluge Menschen sich Bedenkzeit lassen, bevor sie etwas sagen. Ein Strom aus Stein und Schotter donnerte den Hang hinab. Der auf der Anhöhe stehende Junge lächelte, als er den gut beladenen Wagen, das Mühsal der Zugtiere und den unablässig Befehle erteilenden und über ihre Köpfe pfeifenden Antreiber beobachtete.

Als die Holzräder wütend gegen einen hinderlichen Wackerstein schlugen und polternd darüber rollten, riss er das Glöckchen in seiner Hand hoch, drehte sich ruckartig um, lief in Richtung Dorf zurück und rief, das Glöckchen lauthals übertönend:

»Fisch, frischer Fisch … Der Fisch ist da.«

Dampf und Rotz ausstoßend, blieben die Ochsen auf dem Dorfplatz stehen. Der Junge streichelte den verschwitzten und staubigen Kopf eines der beiden Tiere und kam näher zum Wagen, um ihn abzudecken. Er streifte die Plane ab und schrie sogleich laut auf. Auch die anderen Dorfbewohner kreischten entsetzt. Einige bedeckten mit der Hand die Augen der anwesenden Kinder. Andere gaben vor Schreck zusammenhanglose Laute von sich, als sie die Ladung erblickten. Sie hatten ja Fisch erwartet.

»Satho! Satho!«, schrie Haruth.

»Was?«

Hinter dem Rücken eines der Dorfbewohner erklang Sathos kühle Stimme.

»Morgen müssen sie wieder sprechen können«, sagte Haruth streng und deutete auf den Wagen.

«Haruth-dschan, ich bin eine Wehmutter. Für Geburt und Abtreibung holt man mich«, sprach sie mit zitternder Stimme.

»Auch Warzen behandelst du.«

»Mein Sohn«, hob sie stammelnd an.

Sie versuchte Haruth zu erklären, dass es zwischen den Dingen einen großen Unterschied gäbe: Hier ein Gebet und ein vergrabenes Gerstenkorn gegen Warzen und dort die Wiederbelebung von Toten. Da wird kein Neumond helfen.

»Das juckt mich nicht!«, gab Haruth streng zurück. »Morgen müssen sie mit mir reden können. Alles andere ist deine Sache.«

Und an die Umstehenden gewandt, fuhr er fort:

»Jede Familie soll einen aufnehmen. Und jene, die die Butter und den Honig aufgegessen haben, werden zwei zu sich nehmen müssen.«

»Wir haben nichts gestohlen, haben bloß das aufgegessen, was wir gefunden haben«, gab Wasgens Frau zurück.

Haruth sah sie scharf an. Die Frau senkte den Kopf, näherte sich schweigend dem Wagen und untersuchte ihn mit prüfendem Blick.

»Ich nehme die Schwangere«, sagte sie, »dann habe ich zwei.«

»Die Schwangere wurde schon zugeteilt. Simon wird sie zu sich nach Hause nehmen.«

»Ich?«, erwiderte mit brüchiger Stimme der alte Simon entsetzt, »was soll ich mit einem Kind anfangen?«

»Keine Angst«, stichelte Arusjak, »Tote bringen keine Kinder zur Welt.«

»Und du?«, entgegnete Simon verärgert. »Sag uns, was hast du mit ihnen gemacht? Wer das angerichtet hat, der soll auch dafür büßen.«

»Genau«, hauchte Satho, »wer sind die?«

»Keine Ahnung.«

»Wo waren sie? Wo hast du sie gefunden?«

»Sind dahergekommen.«

»Dahergekommen? Von alleine?«

»Ja, von alleine.«

»Gott bewahre uns!«, griff Satho sich bange an den Kopf. »Wir sind aufgeflogen.«

– Satho hatte jetzt, als sie sich an den Kopf griff, den gleichen Blick wie an jenem Tag. Allerdings trug sie das Entsetzen dieses Mal alleine in sich, ohne sich jemandem anzuvertrauen. Sie brabbelte etwas vor sich hin, vielleicht ein Gebet, schritt unruhig hin und her und streute aus der leicht geöffneten Faust etwas Staub über die Türschwelle. Dabei wunderte sie sich, dass dieses bewährte Mittel die Schmerzen der Gebärenden nicht zu lindern vermochte. Die wartenden Frauen hoben abwechselnd die Füße vom eiskalten Boden und trösteten sich mit dem Gedanken, dass nur ganz wichtige Persönlichkeiten auf ihrem Weg in diese Welt von solchen Qualen begleitet werden. Das ließ ihre Ehrfurcht vor dem Unbegreiflichen größer werden. Die Hebamme Satho nahm einen Schluck vom Apfelschnaps.

In der Morgendämmerung, als die Zwillinge das Licht der Welt erblickten und Satho mit dem Messer, das sie zuvor über dem Feuer erhitzt und mit Apfelbrand gereinigt hatte, die Nabelschnur durchschnitt, konnte sie das Zittern ihrer Hände kaum noch unterdrücken. Sie schaffte es nur mehr mit großer Mühe, sich durch die Hintertür zu verziehen und ging geradewegs in das gegenüberliegende Haus, in dem Setrak im Sterben lag. Sie sollte dessen Leichnam waschen und für die Beerdigung vorbereiten. Die Frauen vor dem Haus, die noch immer auf die Nachricht von der Geburt warteten, riefen ihr hinterher. Satho aber ging unbeirrt weiter.

»Wozu die Hast? Setrak stirbt drüben. Geduldet euch.«

Wardanusch steckte die blaugefrorenen Finger ihres Sohnes in den Mund und hauchte ihnen Wärme ein.

»Lauf nach Hause«, befahl sie ihm dann, »lauf, sonst holst du dir eine Lungenentzündung. Haruth wird dir ohnehin den Welpen geben. Was soll er mit fünf Hündinnen?«

Der alten Satho hinterherblickend weissagte sie überzeugt:

»Ist bestimmt ein Junge. Der eine geht, der andere kommt.«

Noch dazu war Setraks Dahinscheiden ebenso qualvoll wie die Geburt. Seit über einem Monat krähte der Hahn in seinen Ohren. Und jeden Tag wünschte er sich Wasser aus der »Stummen Quelle«.

Es war noch nie vorgekommen, dass sich jemand, der sich Wasser aus der »Stummen Quelle« wünschte, nicht gestorben wäre. Das war der letzte Wunsch der Dorfbewohner, das Letzte, was sie vom Leben begehrten. Die Quelle war eigenwillig, sie gluckerte aus der Ferne kommend lautstark unter der Erde, sodass ihr Rauschen die Stimmen der nach ihr Suchenden verstummen ließ. Sie warf ihr Wasser aber nicht nach draußen. Niemand wusste, warum die Quelle so hieß, ob jemand auf der Suche nach ihr gegraben oder sie zufällig entdeckt hatte und wie es dazu gekommen war, dass sie den Todesengel ersetzte. Die im Sterben liegenden Kranken und Alten warteten tage- und monatelang darauf, dass die Quelle über ihre letzte Stunde entschied und etwas Wasser herauswürgte – gerade so viel, dass die Tag und Nacht am Auslass Wartenden schnell dem Dahinscheidenden die kostbaren Tropfen als letztes Labsal beschaffen konnten. Das Wichtigste war aber, dass es diese Quelle gab und dass sie ab und zu stotternd und zuckend Wasser ausspuckte. Manchmal stieß sie größere Wassermengen heraus, zeigte sich dann wieder kurz schüchtern, um auch gleich zu verschwinden. Man musste schnell sein, wie ein Jäger auf der Lauer, so wie Menschen auf den allergünstigsten Moment im Leben warten, um dann die offene Faust schnell unter den Wassersprudel zu halten. Wenn dann in der Handschale auch nur ein paar Tropfen blieben, wurden sie in aller Eile dem Kranken gebracht.

Bei Setrak zog sich alles hin. Die Dorfkinder hatten es fünf Tage lang erfolglos versucht. Zum Schluss war es wieder Haruth, der ihm einen halben Krug herbeischaffen konnte. Setrak nahm einen genussvollen Schluck und stöhnte erleichtert auf.

»Herrlich ist das. Jetzt fehlen nur noch die Hähne.«

Zu diesen Vögeln hatte Setrak eine ganz besondere Beziehung.

»Preise doch lieber die Möwen«, lachten die Dorfbewohner und zeigten amüsiert auf die gefiederten Wellenreiter. »Ein Hahn kann nicht einmal fliegen! Das ist ja ein Krüppel von einem Vogel.«

»Was versteht ihr schon?«, zeigte sich Setrak verwundert. »Wenn eine Möwe wie ein Hahn die Nähe der Sonne spüren würde, müsste auch sie nicht fliegen.«

Egal, ob zu einem freudigen oder traurigen Anlass, Setrak schnürte den Hähnen die Füße zusammen und machte sich auf den Weg durch das Dorf, auf Krankenbesuch oder um jemanden zu beglückwünschen. Immer wieder blieb er stehen, vor allem wenn ihm unterwegs jemand begegnete, und blickte jubelnd zu den an seinen Fingern kopfüber baumelnden Vögeln hinab. Diese hielten vom eigenen Gegacker und Geflatter ermüdet nur noch die Köpfe hoch, um mit den Schnäbeln nicht an der Erde zu streifen. Am Zielort angekommen, wartete er, bis der Hahn geschlachtet wurde, um mit dem Kranken zusammen das Mahl zu teilen. Dann saß er da, die Ellbogen auf dem Tisch, kaute langsam und nagte gründlich an den Hähnchenknochen, bevor er sie einzeln auslutschte und aus dem Mund zog.

Zum letzten Mal hatte er so gespeist, als sie den gesprenkelten Hahn geschlachtet hatten, den mit dem hellen Federbüschel an der Kehle. Es war Amos letzter Wunsch. Er setzte sich an jenem Tag unter einen Baum, goss sich, den Teller zwischen den Knien haltend, einen Hausbrand ein und dachte an den Verstorbenen.

»Zu Licht werde deine Seele, Amo.«

Er tat das eher aus christlicher Nächstenliebe als aus einem aufrichtigen Bedürfnis heraus, machte sich aber dann daran, den letzten Wunsch des Toten zu erfüllen. Gut so, dass Amo selbst nicht mehr dazu gekommen war, den Hahn zu essen, denn eigentlich hätte er das gar nicht verdient. Er hatte die Angewohnheit, seine Schwiegertöchter dazu zu zwingen, ihn zu waschen.

»Das ist eure Pflicht«, sagte er, »den Schwiegervater zu pflegen.«

Nackt setzte er sich in die Wanne und wenn die Schwiegertöchter sich bückten, um Wasser hineinzugießen, begrapschte er sie. Eines Tages schnappten ihn die Männer aus dem Dorf, als er sich mit der Herde auf den Weg zur Weide machte, und vermöbelten ihn.

»Mein jüngster Sohn ist dazu nicht in der Lage. Ich mache es ja doch nur, damit die Familie hält, sonst haut sie ihm ab«, versuchte der blutüberströmte Amo seine Unschuld glaubhaft zu machen.

Er war kein anständiger Mensch. Aber in der letzten Minute waren Frau und Kinder an seiner Seite. Es war jemand bei ihm, als aus seinem dahinsiechenden Körper das letzte Stöhnen hervorquoll.

Setrak stieß einen tiefen Seufzer aus, der seinen Lungen ein lautes Pfeifen entriss. Mit brüchiger Stimme fragte er Satho:

»Meine erste Frau hast du nicht gekannt, nicht wahr? Woher auch, das war noch, bevor du zu uns gekommen bist. Aber die zweite, die hast du gewaschen.«

»Einen schönen Körper hat sie gehabt«, erinnerte sich Satho.

»Was soll ich jetzt tun? Beide stehen aufgereiht vor mir und warten auf mich.«

»Und mit wem wirst du gehen?«

»Ich weiß nicht. Wenn ich fort bin, sage ich es dir.«

»Wie wirst du es mir dann noch sagen können?«

»Mach dir keine Sorgen, wenn ich etwas zu sagen habe, finde ich einen Weg.«

Nach einer kurzen Pause fuhr er stöhnend fort:

»Satho, hörst du meine Hähne krähen?«

»Nein«, antwortete Satho und prüfte, ob das Wasser auf dem Tonir-Ofen schon warm geworden war und ob es reichen würde, um die Leiche zu waschen. Satho konnte den Tod riechen, so wie Jagdhunde ihre Beute.

›Die Nase ist schon spitz.‹

Sie ließ den prüfenden Blick über den mit geschlossenen Augen liegenden Setrak gleiten.

›Bald ist es so weit.‹

Satho beschloss, bei ihm zu bleiben und zu warten. Sie hatte Mitleid mit ihm und wollte nicht, dass er diesem Augenblick alleine begegnen musste. Sie dachte daran, dass die Dorfbewohner für die Beerdigung bestimmt Spenden einsammeln würden und holte zwischen den Brüsten das in ein Taschentuch gewickelte Geld hervor. Sie öffnete ruckartig den Knoten und reihte ein paar Scheine nebeneinander auf dem Tisch auf. Dabei befeuchtete sie jedes Mal mit Spucke die Finger, während sie die verklebten Geldscheine einzeln auflegte. Dann überlegte sie es sich anders und steckte die Hälfte wieder zurück. Sie sah Setrak an, wie er mit geschlossenen Augen schwer atmend da lag, nahm einen weiteren Schein vom Tisch, griff auch noch nach dem letzten Geldschein und ließ den Beutel wieder unter dem Kleid verschwinden.

»Die ganze Schufterei muss doch etwas wert sein. Sollen die anderen zahlen, die jetzt zu Hause sitzen und morgen nur noch die fertig aufgebahrte Leiche beweinen müssen.«

Sie stand auf und goss noch einen halben Eimer Wasser in den Kessel.

Vom Lärm regte sich Setrak und öffnete die Augen:

»Satho, weiß man denn im Dorf, dass ich bald sterbe?«

»Ich habe es erwähnt.«

»Menschenskind, wann kommen denn meine Hähne zurück?«, sagte er bedrückt und blickte zur Tür in der Hoffnung, dass jemand hereinkommen würde, um ihn zu besuchen, mit Hähnen, die von den Händen des Besuchers hinunter hängend hin und her schaukeln würden.

Sein Blick erstarrte in der Leere der Tür.

Etwas vor sich hinmurmelnd, schloss Satho ihm die Augen. Sie zog seine Arme und Beine gerade, streifte ihm die Decke über und eilte dann hinaus. Zur Gruppe der Frauen vor dem anderen Haus sprach sie:

»Lasst den Toten nicht alleine. Wartet bei ihm, bis ich wiederkomme.«

Sie hastete zur Niedergekommenen und überlegte inzwischen, wen sie damit beauftragen sollte, kommende Nacht den Verstorbenen zu bewachen. Sie war dazu zu müde. Alleine gelassen werden sollte die Leiche aber nicht, bei so vielen streunenden Katzen.

Die Sonne verließ die Erde so wie es die Götter tun, die nicht einmal ein Grab zurücklassen: spurlos.

»Beneidenswert«, dachte Haruth, »sie hat einen Ort, an dem sie verschwinden kann«.

Unruhig ging er im Haus auf und ab. So aufgebracht war er zuletzt in seiner Kindheit gewesen, als Fünf- oder Siebenjähriger, als sein Zahn beim Zubeißen in einer Möhre stecken geblieben war. Der zweite wackelige Zahn wurde herausgezogen, indem man einen Faden an einem Ende um den Zahn festband und am anderen um den Griff einer offenen Tür. Pertsch trat fest dagegen, die Tür fiel scheppernd ins Schloss und nahm nicht nur den Zwirn und den Zahn, sondern auch seine Kindheit mit. Auch damals war Spätherbst.

Es war genau um diese Tage herum, nur ohne Schnee. Die fest zugedrückte Faust mit den darin klimpernden Zähnen über dem Kopf schwingend, wartete er, so wie jetzt, ungeduldig auf den Mond. Der ließ sich nicht lange Zeit. Einer Wüstenpflanze gleich – wurzellos und leicht – rollte er mit dem Wind um die Wette über den Himmel. Haruth setzte sich auf Pertschs Schultern, blickte zum Himmel, die Zähne immer noch fest in der Hand umschlossen. Aus voller Kraft schrie er der Dunkelheit ins Gesicht:

»Gib mir einen Lammzahn und ich gebe dir einen Wolfszahn.«

Er schleuderte die Zähne weit durch die spätherbstliche Nacht. Ob der Mond ihn wohl erhört hatte? Was sollte denn der Himmel mit diesen Milchzähnen anfangen?

Jetzt dachte er mit einem Lächeln an jene Nacht zurück.

›Und wieso müssen es ausgerechnet Lammzähne sein? Ein Lamm ist zwar ein unschuldiges Wesen, wird jedoch später zu einem dummen Schaf.‹

Heute würde er es nicht mehr tun.

Der Mond hatte den kalten Blick eines in braunem Harz einbalsamierten Käfers. Geheul ging von einer unbestimmten Stelle aus und legte sich über das Dorf. Es galt dem Mond, breitete sich aus und setze dem schlaflosen Haruth tausende Gedanken in den Kopf, zerwühlte seine Seele und riss verkrustete Wunden auf. Der Schmerz bohrte sich den Weg aus dem tiefsten Inneren blutig bis zu seiner Kehle und blieb dort stecken.

›Was wird er wohl so jämmerlich beklagen? Findet er keine Beute? Schmerzt ihn das blutdürstige Maul? Ach Wolf, mein Bruder«, seufzte Haruth auf, »wenn du meinen Schmerz ertragen müsstest, dann wärest du jetzt mucksmäuschenstill.‹

An jedem anderen Tag hätte das Gejaule der Dorfhunde, von unterschiedlichen Richtungen kommend und zu einem Wutrausch angeschwollen, das einsame Heulen des Wolfes zu Boden gedrückt und erstickt. Aber heute schienen sie alle verreckt zu sein, als wäre der Wolf in ein hundeleeres Dorf gekommen, wo er nun alle Herzen um sich herum zerriss, während er den Mond anheulte.

›Eine schöne Stimme hat er, so innig und langgezogen, wie ein Gebet.‹

Haruth gab sich der Bewunderung hin, um im nächsten Augenblick von diesem Gedanken entsetzt zu Gott zu flehen:

»Bitte lass es nicht zu, dass meine Gebete sich eines Tages wie ein Geheul anhören.«

Ein Nachteil des Lebens besteht darin, dass man dem Blut seine Bindungskraft, seinen Ahnenstoff nicht nehmen kann. Und nun stieg der Schmerz auf, durch das Gedächtnis des Blutes hergespült, und pochte mit dem stetigen und gleichtönigen Hämmern eines Spechtes, hartnäckig und dumpf. Jeder Atemzug fühlte sich an, als rammte jemand Haruth einen Nagel ins Herz. Wahrscheinlich wurde einer der beiden Elternteile mit einem Messerstich in die Brust getötet, an dessen Schmerz sich nun sein Blut erinnerte. Die Eltern kannte er nicht einmal aus seinen Träumen, da er sie nie gesehen hatte. Ihm hatte sich darum auch kein Bild eingeprägt, das er zum Leben hätte erwecken können. Natürlich hätte er den leeren Raum mit Heiligenbildern oder seinem Vorstellungsvermögen füllen können. Aber das wäre doch eine Lüge gewesen, und sein Ziel war nicht, sich selbst zu betrügen.

Und so hat er Pertsch nie gefragt, ob sie auf einem Pferd oder zu Fuß gekommen waren. Er hat sich auch nie danach erkundigt, in welcher Verwandtschaftsbeziehung sie zueinander standen.

»Bin dein Onkel«, sagte Pertsch, also war er sein Onkel.

Sonst hätte er am Tag des Massakers im allgemeinen Geschrei und Geröchel das aus der Scheune ertönende Gurren nicht gehört. Hätte nicht das Tuch von der Schulter der Mutter gerissen, die mit breit ausgestreckten Armen und Beinen dalag, das Gesicht im staubigen Boden. Pertsch hätte nicht eilig aus der Wiege den von der Sonne gerösteten, warmen Sand entfernt, den Mütter unter die Säuglinge schütteten, damit der Urin unter ihnen verdampfen und sie warm halten konnte. Er hätte Haruth nicht hineingelegt und wäre nicht mit ihm davongelaufen und dabei aus Versehen gegen den abgeschnittenen Kopf des Vaters getreten, der durch den Hof rollte und vor dem Hühnertrog zum Halten kam.

Pertsch wusste alles. In seinem Gedächtnis fanden mehr Gesichter Platz als in der Bibel. Alle behutsam eingerahmt und an die Wand der Erinnerungen geheftet. Jammerschade, dass er so schnell alt geworden ist. Im Herbst seiner Erinnerungen hatte der Winterflug zu früh begonnen. Über Nacht haben alle Gesichter und Ereignisse ihn in Scharen verlassen, so wie vom Gesicht eines Verstorbenen die Falten schwinden. Sein Geist hatte sich geklärt. Das Blut hatte sein Gedächtnis verloren, sich in einen hohlen, luftleeren Schaft zurückgezogen. Als hätte Pertsch bewusst seinen Verstand gereinigt. Als hätte er ihn leergefegt, so wie Gott aus Zorn mit dem Flutwasser die Welt wegspülte. Pertsch hatte den Strahl der Trauer klärend nach innen gerichtet, ohne etwas übrig zu lassen. Keine Erinnerung, kein Noah.

Dem Gedächtnis folgte das Augenlicht, dann die Fähigkeit zu sprechen. Er verschloss sich in der Einsamkeit, so wie ein männlicher Falter dem weiblichen die Liebesorgane verschließt, damit es kein Rein und Raus mehr geben kann. Allen störenden Ballasts entledigt, lebte er friedvoll weiter. Nur ab und an sprang er aus einem unbekannten Grund vom Schrecken gepackt auf und blickte sich geistesabwesend um.

Die Dorfbewohner kümmerten sich um Pertsch, so wie man das Grab eines Angehörigen pflegt oder eine Familienreliquie. Wie eine handgeschriebene silberbeschlagene Bibel, die man, in rotes Tuch aus glänzender Seide gewickelt, von Generation zu Generation weitergibt, ehrfürchtig hegt und eifrig küsst und vor fremden Blicken beschützt. Vielleicht war das der Grund, warum er so lange gelebt hat. Doch dieses längst ausstehende Ende hatte sowohl seinem Leben als auch dann schließlich seinem Tod den Anstand genommen und Schmach über ihn gebracht.

Ja, sie lebten lange, als würden sie vergessen zu sterben, als würden sie das absichtlich tun, um das Grauen am Leben zu erhalten. Das Lebendige wich aus ihnen, die Schrecken aber nicht. Sie hockten neben ihnen wie treue Hunde, leckten ihre Hände, schmiegten sich an ihre Beine und auch wenn die Zeit kam, die Türen zu verschließen, gingen sie nicht weg. Und so wurden sie weitergereicht, wie man einander die Geheimnisse eines alten mystischen Rituals erzählt. Nur zuverlässigen Ohren werden diese anvertraut, niemals zu Papier gebracht, damit sie nicht in falsche Hände gelangen.

Als er an Pertsch dachte, fing Haruths Herz an, heftig zu klopfen, und zwar so rasend schnell und mit solcher Wut, wie sie nur wegen großer Ungerechtigkeit entstehen kann. Er ging wieder auf und ab. Vom langen Sitzen tat sein Bein weh. Vom langen Gehen auch, genauso wie bei Kälte und noch mehr bei Hitze. Wenn nur die Mutter ihn etwas vorsichtiger in die Kornkammer geworfen hätte, wenn sie ihn bloß an einer anderen Stelle gepackt hätte. Aber wie auch immer sie es gemacht hätte, etwas an seinem Körper, irgendein Organ würde trotzdem schmerzen. Das war sein Schicksal. Die Großmutter, wäre zumindest sie am Leben geblieben. Dann hätte sie im selben Augenblick ein Huhn geschlachtet, es ungerupft weichgeklopft und noch warm an das wunde Knie gelegt. Der kopflose aber nicht endgültig verschiedene Vogel hätte ihm den Schmerz abgezogen.

»Schläfst du?«, im Türspalt erschien zuerst der Kopf, dann der restliche Sisak, der mit etwas jämmerlicher

Stimme sprach und die Hand gegen seine Seite presste.

»Ich habe dich hoffentlich nicht erschreckt.«

»Nein, ich schlafe nicht, du hast mich nicht erschreckt. Komm rein«, beantwortete Haruth in einem Atemzug alle Fragen.

»Satho ist verzweifelt. Sie meint, die Arme könnte sterben. Obwohl, wenn es wirklich so kommt, dann ist es wohl das Beste.«

»Wie kann der Tod besser sein als das Leben?«, erwiderte Haruth verwundert.

»Alles ist möglich. Wie kann man das, was sie bis jetzt hatten, als Leben bezeichnen. Nimm diese Liste … «, er hielt inne, presste die Hand gegen den Bauch und stöhnte auf, was dieses Mal für Haruths Ohren bestimmt war, »die Leber bringt mich noch um. Meine Schwester ist auf Besuch und hat mir Halva mitgebracht. Kann keinen Bissen davon machen. Außerdem ist ein Bär ins Dorf abgestiegen, hat auf dem Friedhof gewühlt und ein paar Grabsteine umgedreht. Auch den Stein von Woskans jungem Sohn. Die Arme hat sich die Augen ausgeweint. Was soll ich nun mit diesem Teufel tun? Wäre es ein Mensch, dann könnte man ihn schnappen und es ihm zeigen. Was hat er auf dem Gottesacker zu schaffen? Als ob er sich mit dem Jenseits auskennen würde. Auf jeden Fall habe ich heute um den Friedhof herum das Fundament für eine Mauer legen lassen. Ach ja, ich bin wegen der Namensliste gekommen. Das geschriebene Wort lebt länger, wer weiß, vielleicht braucht das die Nachwelt eines Tages. Leg sie irgendwo bei dir ab.«

Haruth betrachtete das Stück Papier.

»Schau dir nur diese Namen an: Keşişoghlian, Ğaragjosian. Als wären sie so sowohl sich selbst als auch den Türken treu geblieben.«

»Wenn sie es anders gemacht hätten, würden sie nicht mehr leben.«

»Na und? Dann wären sie eben nicht am Leben. Reicht das Zubettgehen und Aufstehen und Wassertrinken als Lebensinhalt für so ein großes Opfer?«

»Man hat leicht reden, wenn es nicht einen selbst betrifft.«

Nach diesen Worten begab sich Sisak stöhnend und die Hand wieder demonstrativ in die Seite gepresst zur Tür.

»Gute Nacht.«

Stunden waren vergangen, als er wiederkam.

»Wir brauchen Eier, es fehlen fünf. Sathos Lohn steht noch aus. Schon wieder eine schlaflose Nacht, diesmal wegen denen. Bin schon seit Stunden auf den Beinen. Ich habe gesagt, Nachschun ist niedergekommen. War eine schwere Geburt. Sie wäre beinahe draufgegangen. Wenn sie zumindest nach all dem einen Sohn geboren hätte.«

»Ein Mädchen?«

»Eines wäre noch nicht so schlimm gewesen«, Sisak stieß einen tiefen Seufzer aus, »zwei sind's!«

Er hielt den Zeige- und den Mittelfinger in die Luft, die restlichen Finger zur Faust gepresst und fuchtelte wütend.

»Zwei Mädchen, Zwillinge! Aber ein Gutes hat es, es sind Frühchen. Wer weiß, vielleicht schaffen sie es nicht.«

Haruth fiel ein, wie er vor ein paar Tagen nach Haruth Junior gerufen hatte. Er sollte ihm den Wetzstein für die Sense bringen. Der Junge kam aber nicht. Zuerst ergriff Haruth die Sorge, der Kleine hätte sich womöglich in einer der vielen Schluchten verlaufen. Dann tröstete er sich mit der Hoffnung, dass er bestimmt zur alten Warso gegangen war, um ihren Geschichten zu lauschen. Auf jeden Fall hatte er sich auf die Suche nach ihm gemacht, um nicht untätig der Ungewissheit ausgesetzt zu sein.

Am Ufer des Flusses suchten kleine Kinderhände zwischen den Zaunstecken wählerisch nach Steinen. Jedes Kind hatte schon einen gefunden, der sich für das Spiel gut eignete: einen flachen, einen runden, dann einen kleineren und den allerkleinsten. Die Dorfjungen errichteten daraus eine Burg.

Der kleine Haruth stand etwas abseits und wartete mit einem Stock in der Hand auf die Fertigstellung der Konstruktion, um sie danach mit einem gezielten Wurf zu treffen und zum Einsturz zu bringen. Mit einem zugekniffenen Auge zielte er, brachte den Stock näher zum Gesicht, hielt ihn wieder weiter weg und wiederholte mehrmals diese Bewegung. Dann sprang er mit großem Anlauf in die Luft, beugte den Oberkörper nach vorne, als würde er gerade jetzt den Wurf machen, streckte den Arm aus, umklammerte dabei aber noch immer fest den Stock mit seinen kleinen Fingern.

Drei Jungen saßen in der Hocke und legten die Steine übereinander. Die glitschigen Bauelemente hielten ab dem vierten, fünften Stockwerk der Neigung nicht mehr stand und kippten ins Gras. Die Kinder brummten enttäuscht und fingen von Neuem mit ihrem Bauwerk an.

»Macht's doch endlich«, trieb der kleine Haruth sie an, »ich warte ja schon eine Ewigkeit.«

»Sie stürzt halt ein, was können wir dafür«, rechtfertigten sich die Erbauer beleidigt.

»Schnell, schnell, kommt her!«

Ganz außer Atem geraten, rief der sechsjährige Sohn von Anusch.

»Sie ist herausgekommen. Lauft schnell her! Ich gehe hin. Habt ihr mich gehört? Ich sage, sie steht draußen, kommt! Wollt ihr sie nun sehen, oder nicht? Ich schwöre bei Gott! Ich lüge nicht, sie ist herausgekommen.«

Der kleine Haruth lief ihm hinterher. Auch die anderen Kinder, die gerade mit den mühsamen Bauarbeiten fertig geworden waren, vergaßen schnell ihre Plagerei und rannten los, was die kleine Burg wieder zum Einsturz brachte.

»Wenn das eine Lüge ist«, schwang der kleine Haruth den Stock über dem Kopf, dem Boten damit drohend.

»Ich sage ja, ich schwöre bei Gott«, schnaufte der Kleine und drückte mit der Hand gegen die vom schnellen Rennen stechende Stelle, »ich habe sie mit eigenen Augen gesehen, sie ist herausgekommen und steht an der Hausmauer.«

Die Kinder versteckten sich hinter der Mauer und glotzten Nachschun an. Sie stand im Hof, breitete über die niedrige Hofmauer die eben fertig genähte Decke aus und zupfte sie an den Ecken gerade.

»Wo ist es«, flüsterte einer der Jungen, den Blick auf Nachschun geheftet.

»Na«, antwortete der kleine Haruth, ohne den Freund anzusehen und ebenfalls die Augen auf die Frau gerichtet, »in ihrem Bauch.«

Eines der Kinder schrie aus seinem Versteck:

»Pfui, Teufel, du Türkenbastard!«

»Was tut ihr denn da, ihr Hohlköpfe?«, schnappte Haruth den Schreihals am Kragen.

Die Kinder drückten sich aus Angst gegen die Mauer.

»Gar nichts machen wir«, stotterte der kleine Haruth, »wollten uns nur die türkische Ausgeburt anschauen.«

– »Es war eine schwere Geburt«, erklärte Sisak erneut den Grund seines Besuches, »du kennst ja Sathos Angewohnheiten. Sie hat wohl vom Schnaps den einen oder anderen Schluck genommen.«

Sie sei an der Türschwelle ausgerutscht, erzählte er weiter. Und im Handumdrehen war alles dahin, wofür sie sich die ganze Nacht abgerackert hatte – dreißig Eier, die Hälfte davon Puteneier.

»Ich hole neue.«

Mit den langsamen Bewegungen eines müden Mannes ging Haruth hinaus in die Diele, wo er die kalte Luft spürte, die durch den weiten Spalt der aus dem Scharnier gefallenen Tür hineinblies. Er dachte an die Zwillinge. In Gedanken versunken tadelte er sich jetzt dafür, dass er in jener klaren Sommernacht, in der das Feuer im ordentlich eingeheizten Tonir-Ofen so wild brodelte, dass die Schadsch-Pfanne in die Höhe sprang und die darunter tanzenden roten Funken, in die Luft geschleudert, den Schleier der Dunkelheit anzündeten, dass er … Der Teufel hatte ihn wohl geritten. Nicht umsonst gab es die Tradition, Neuankömmlingen keine Fragen zu stellen. Was ging es ihn an, wer sie waren und woher sie kamen. Auch für sie hatte die Regel gegolten: Wer sich redlich benimmt, kann im Dorf bleiben. Andernfalls wären das Zornige Pferd und das Seil zum Einsatz gekommen.

Bis zu diesem Augenblick hatte er kein einziges Mal darüber nachgedacht, hatte die Konsequenzen jenes Tages, an dem die Flüchtlinge gekommen waren, keinem Urteil unterzogen. Ein verhängnisvoller Tag war das. Es war ein Fehler gewesen, sie ins Dorf mitzuschleppen. Wenn er kaltblütig genug gewesen wäre und sie dort liegen gelassen hätte, im Sand zerstreut, dann wäre es nur mehr eine Sache von wenigen Stunden gewesen und der Wellenschaum spuckende Wind hätte den Rest erledigt, die vom Wasser kommende feuchte Kälte hätte sie getötet.

Er atmete die kühle modrige Luft des Schuppens ein und dachte daran, wie friedvoll jener Tag gewesen war.

Zu dritt waren sie am Ufer – der Rabe, die Katze und Haruth. Und der Wind. Ihm fehlte aber die Kraft und so kauerte er zahnlos im Sand und zeigte nur dann und wann, dass er noch am Leben war, indem er plötzlich lospustete und den grobkörnigen Staub gegen die Wellen jagte.

Wie versteinert saß der Rabe auf dem Ast und fixierte mit starrem Blick, den Hals nach vorne gereckt, Haruths blutige Hände. Dieser rieb das Messer an einem vom Sand erwürgten Stein, wischte mit einem blutbefleckten Fetzen seiner Kleidung über die Klinge, bohrte die Spitze in den Nabel eines Fisches und zog das Messer in einem Ratsch bis zu den Kiemen hinauf. Daraufhin warf er es zur Seite, packte mit der Faust die Innereien, riss sie schwungvoll heraus und warf sie samt Fischeiern der Katze hin. Der ausgenommene Fisch landete in einem im Sand eingegrabenen Holzfass. Die vollgefressene Katze – ein Auge gelb, das andere grün – beschnupperte die Eingeweide und die ringsum hingeklatschten Kadaverteile und schnurrte vergnüglich. Der Rabe verlor keine Zeit, schoss wie ein Pfeil nach unten und schnappte sich seinen Anteil an den Innereien, die vom Schnabel herunterhängend und schwingend mit ihm verschwanden, eine breite Spur von schwarzem mit Sand gemischtem Blut hinterlassend. Die Katze machte keinerlei Anstalten, nach dem Vogel zu springen. Von Sattheit schlapp, brummelte sie behaglich mit geschlossenen Augen, den Kopf in den wolligen Kragen eingezogen, im Schatten eines Baumes. Haruths rechtes Bein erschlaffte vom langen Sitzen in der Hocke. Immer wieder stand er auf, blieb stehen, schüttelte den Fuß, um den Kreislauf wiederzubeleben. Er nahm dann den an Schilfrohre gelehnten Holzspaten, ging zum tief im Sand festsitzenden Fass und rührte darin. Aus dem Sack streute er ein paar Handvoll Salz über die Fische, vermischte sie erneut, den Spaten ins Fass tauchend, drückte sie in das Salzblutgemisch und tränkte sie darin, damit sie schön sauer wurden. Dann kam er zurück und hockte sich wieder hin. Nach kurzer Zeit tauchte auch der Rabe erneut auf und setzte sich auf den Ast.

Mit der scharfen Messerspitze riss Haruth die Schuppen aus und ergoss seinen Ärger über die Fischhaut.

»Der Teufel soll dich holen!«
Gedanklich stritt er mit Wasgen und rammte erneut voller Wut, als würde er das Herz eines Feindes durchstechen, das Messer in den Bauch eines weiteren Fisches und schlitzte ihn bis zu den Kiemen auf. Er konnte es sich nicht verzeihen, dass er ihm die Bitte nicht abgeschlagen hatte. Wasgen war zu ihm gekommen und hatte erzählt, er hätte damals vor vielen Jahren in seinem früheren Leben bei Bajaset einen russischen General getroffen, hätte mit ihm geplaudert und gescherzt.

»Und, hast du auf Russisch lachen können«, witzelte er.

»Das fragst du mich noch? Niemand kann besser lachen als ich.«

Und dann bat er ihn darum.

»Ich brauche es ja nur, um mich als Pahlewan zu verkleiden, um den Kindern eine Freude zu machen.«

Wasgen hatte das Seil schon gespannt und sprang auf ihm auf und ab und er selbst stand unten und klatschte mit allen anderen Zuschauern begeistert mit. Und dann plötzlich der Wind. Wie von Teufelshand geschickt. Woher kam er bloß an diesem sonnigen Tag? Der Wind hob den Seiltänzer in die Luft und warf ihn zurück auf den Boden – nackt und glattgerupft. Er hatte ihm die Kleidung und den zum Seiltanzen angebrachten Bart vom Leib gerissen, schleuderte die bärtige Maske in die Höhe und zerrupfte dabei die Hinterlassenschaft von Pertsch. Das war dessen letzte Anschaffung gewesen: Der Bart. Haruth wusste nicht, wo Pertsch die Kaufleute getroffen hatte, in welcher Sprache er sich mit ihnen unterhalten hatte, wie viel oder was er dafür zum Tausch angeboten hatte. Pertsch hatte den Bart mitgebracht und legte ihn immer wieder an (zuerst Pertsch selbst, später er – Haruth), lud den Karren voll und fuhr in die Welt hinaus. In Ararat sagte er, er wäre aus Artaschat, in Artaschat sagte er, er wäre aus Eriwan, in Eriwan aus Bajaset. So reiste er herum, sprach mit Menschen, kaufte, verkaufte und tauschte Waren und kehrte am Ende wieder sicher in seine Berge zurück.

»Wenn die anderen es darauf anlegen, dann sollen sie herausfinden, wer der Mann mit dem Bart ist.«

Und nun soll er wegen dieses Trottels darauf verzichten, in die Welt zu fahren?

›So ein Mist‹, dachte Haruth hasserfüllt an Wasgen. Dann besänftigte er sich selbst.

»Was geschehen ist, ist geschehen. So oder anders wäre früher oder später der Tag gekommen, sich mit dem eigenen Gesicht zu zeigen.«

Er wischte sich mit dem Ärmel über die Augen. Die Gedanken an Pertsch erfüllten sein Herz immer mit

Traurigkeit. Pertsch hatte ihn großgezogen, hatte ihm Lesen, Schreiben und Jagen beigebracht. Es gab tausende gute Sachen, die ihm hätten von diesem geliebten Menschen in Erinnerung bleiben können, aber – Gott weiß warum – er musste immer ausgerechnet an diesen Tag zurückdenken: Pertsch lag da wie ein Stein, regungslos und kalt. Als er ihn an der Schulter fasste und schüttelte, hätte er sich nicht gedacht, dass ein Mensch so kalt sein kann. Er schickte nach Satho, die in diesem Augenblick die schmerzenden Knochen von Bawakans Ehemann mit Bärenfett einrieb. Und obwohl sie insgeheim wusste, dass das nichts bringen würde, hegte sie eine leise Hoffnung. Wenn der Kranke vor Schmerz aufheulte, fragte Satho, die reibenden Bewegungen von Zeit zu Zeit unterbrechend:

»Spürst du, wie es besser wird?«

»Nein, gar nicht.«

Und Satho fing an, noch inbrünstiger zu reiben und obendrein irgendwelche Öle zu schmieren.

»Bald, es wird gleich besser werden.«

Bawakan und ihre Schwägerin saßen nebeneinander und sahen tränenüberströmt Sathos Strapazen zu.

»Wenn er nur bald sterben würde«, sagte die Ehefrau mitleiderfüllt. »Wäre für ihn und für uns besser.«

»Du sollst Gottes Geschäften nicht vorgreifen«, tadelte Satho sie, obwohl sie im tiefsten Inneren beipflichtete, dass der Tod wohl der günstigere Ausweg für alle Beteiligten wäre.

»Glaubst du, dass du etwas gewinnst, wenn er stirbt? Das Gute an langen Ehen ist, dass sie Beständigkeit dem Leben verleihen. Es stimmt zwar, dass das Leben sich zwischen euch wie ein alter Teppich abreibt und da bleibt wohl weder Liebe, noch – oft genug – Respekt für einander übrig. Aber wenn dein Begleiter stirbt, dann nimmt er deinen Lebenslauf mit, lässt nichts außer einer leeren Hülle zurück, in der es keinen Platz mehr gibt für etwas anderes, für ein Leben. Und dann bleibt dir nichts, außer ihm zu folgen. Daher, bete zu Gott, dass er lebt.«

Als Satho Pertschs Namen hörte, stürzte sie so wie sie war, den Kranken nackt zurücklassend und mit fettbeschmierten Händen, hinaus. Bis sie bei ihm angekommen war, hatte Pertsch schon, ohne ein letztes Wort gesagt zu haben oder den Blick in die Ferne streifen zu lassen, alles – das Gelebte und das Nichtgelebte – in sich aufgenommen und sich schweigend zurückgezogen. Und so blieben von diesem einst ehrwürdigen Mann nur mehr eine Handvoll zusammengekauerter alter Knochen im Bett zurück.

Ohne seine Arbeit – das Ausnehmen der Fische – zu unterbrechen, wischte Haruth sich mit dem Handrücken die Tränen vom Gesicht.

Er erinnerte sich gerührt daran, wie er ihn hinauszutragen und in den steinernen Sessel zu setzen pflegte, welchen Pertsch selbst vor Jahren mitgebracht hatte. Ein Durchgang unter der Stummen Quelle hatte sich ihm zuvor offenbart. Eine auf den Kopf gestellte Stadt habe er dort vorgefunden. Ein Butterfass, Waffen und eben diesen Thron aus Stein habe er hinaus geholt – auch Gold, sagte man. Den steinernen Sessel hatte er natürlich erst beim zweiten Mal mitgenommen. Danach aber habe er es sich nicht mehr getraut, diesen Raum noch einmal zu betreten. Auch Haruth hat es kein einziges Mal gewagt, da man dort, nach Pertschs Worten, vor lauter Schwefel nicht atmen konnte. So blieb Pertsch bis zum Sonnenuntergang sitzen, regungslos und still, ohne hinauf- oder hinunterzusehen, die Welt in sich aufgelöst, mit einem

Blick, der für nichts und niemanden bestimmt war. Von Zeit zu Zeit rührte sich aber etwas in ihm, der Stummen Quelle gleich. Haruth sah ihn an und dachte, dass im Leben alles seinen Adressaten hat: ein Gebet, ein Fluch, ein Segen. An wen war dann Pertschs tränenloses Weinen gerichtet? Leider an niemanden. Er war vom Leben gleichermaßen wie vom Tod betrogen worden. Die Dorfleute zogen an ihm vorbei, als wäre nichts gewesen, als wäre er noch der Alte, grüßten ihn vom Weiten und redeten mit ihm.

»Grüß Dich, Pertsch, meine Kuh hat gekalbt. Gott sei Dank!«

»Grüß Gott, Onkel Pertsch. Ich muss dir eine Runde ausgeben, habe geheiratet.«

»Ach, Pertsch, guter Freund, meine Mutter, die selige, hat die ihr verbleibende Zeit uns hinterlassen. Die vierzig Tage sind zwar nicht um, aber sie war so eine reine Seele, dass sie gewiss schon als Engel aufgestiegen ist, noch bevor sie vor Gott Rede und Antwort stehen muss.«

Pertsch saß da, starr und immer in der gleichen Position, wie ein atmender Stein. Aber nichtdestotrotz hielt jeder Vorbeigehende es für seine Pflicht, mit ihm ein Gespräch zu führen. Die Menschen pflegten zu ihm ein ähnliches Verhältnis wie zu Gott. Es war für sie zu einem Bedürfnis geworden, ihn zu sehen und zu ihm zu sprechen. Sie fragten ihn nach Rat, teilten ihre Sorgen und ihren Schmerz mit ihm, ohne sich eine Antwort zu erwarten. Sobald die Sonne unterging, brachte Haruth ihn zurück ins Haus, legte ihn ins Bett und fing dann selber an, mit ihm zu sprechen.

An Pertschs Begräbnis konnte er sich nicht erinnern, nur daran, dass er bis zu dem Augenblick völlig geistesabwesend gewesen war, als kurz vor dem Friedhofseingang der Tote sich im Sarg aufrichtete und verwundert um sich herumblickte. Die Träger warfen den Sarg erschrocken zu Boden und rannten entsetzt davon. Er stand aber auf, stieg aus der Holzkiste, hob vom Boden das blütenweiße Kissen.

»Satho, Schande über deine Seele, dieses Kissen habe ich für Haruths Hochzeit gemacht. Wieso bettest du den Kopf eines Toten darauf?«

Dann ging er mit dem Kissen unterm Arm nach Hause. Drei Tage lang hatten alle Angst, an seiner Haustür vorbeizugehen, ja nur in deren Nähe zu kommen. Pertsch hatte den Tod gekostet und das entfremdete ihn, strahlte auf andere eine frostige Kälte aus. Drei Tage lang trug Haruth ihn wie gewöhnlich hinaus, setzte ihn in den Sessel und holte ihn abends wieder ins Haus. Am vierten Tag hörte er nachts ein Geräusch.

Am nächsten Morgen sahen die Dorfleute mit Erstaunen, dass Haruth auf dem steinernen Thron saß.

»Wo ist denn Onkel Pertsch?«, fragten sie.

»Ich habe geschlafen, er hat nachts die Tür aufgemacht und ist fortgegangen«, seufzte Haruth auf.

Einige Tage lang suchten die Menschen die umliegenden Berge und Schluchten nach Pertsch ab. Dann sagte Haruth zu ihnen, dass das keinen Sinn hätte.

»Der Tod, den wir ihm aufgetischt haben, hat ihm nicht gefallen, er sucht jetzt seinen eigenen, der ihm mehr behagt.«

»Wir haben ihm einen gebührenden Abschied vorbereitet, mit Tränen, Blumen und Totenmahl, wie es sich schickt«, klagten die Alten. »Wenn es ihm nicht geschmeckt hat, dann soll er nun selber entscheiden – soll sterben, wie er möchte.«

Als Haruth zum wiederholten Mal die Innereien aus dem Fisch herauszupfte, um sie vor die Katze zu werfen, und dabei den tränengetrübten Blick hob, sah er vor sich eine Gruppe Gespenster stehen. Diese Gegend gehörte zu jenen, wo die Anwesenheit von Menschen sich wie eine Überraschung präsentiert. Sprachlos starrte Haruth die Gespenster an. Wie viel Nichtvorherzusehendes diese Berge doch noch zu bieten hatten.

»Wer seid ihr? Was wollt ihr?«, rief er ihnen fassungslos zu und suchte gedanklich nach Wörtern oder Handlungen, die vor bösen Geistern bewahren können.

»Wir«, fing ein alter Mann stotternd an.

Seine Worte lösten sich so langsam und schmerzlich von seinen Lippen, als würde man ihm mit einer Zange die Nägel herausreißen.

»Es ist nicht unsere Schuld. Die Welt geht eben hier zu Ende. Ab hier gibt es kein Zurück und kein Vorwärts.«

Während Haruth sich zusammennahm und diese entstellte, chaotische Gruppe betrachtete, sah er wie eine junge Frau, einem Tier gleich, im Stehen urinierte. Der nasse Sand sprang unter ihren Beinen in alle Richtungen. Die Katze brachte ihr Unbehagen durch ein lauteres Schnurren zum Ausdruck, der Rabe drückte die Flügel fester an den Rumpf.

»Was soll das?«

Haruth griff nach den vor ihm zerstreuten Kalksteinen, richtete sich auf, das schlappe Bein hinter sich ziehend, und stellte sich dicht vor die großen leerblickenden Augen der Frau.

»Das ist also der Anblick des Todes«, dachte er erschaudernd.

»Wir haben keine Kraft mehr«, sagte zur Rechtfertigung der Alte, dessen Gesicht sich im verfilzten Kopf-

und Barthaar verlor. »Die Arme ist zu erschöpft, um in die Hocke zu gehen.«

Haruth musterte sie mit einem verängstigten Blick. Es ist klar, dass das Leben sich immer an unerwarteten Orten und zu unerwarteten Zeiten präsentiert, aber er begriff nicht, warum das Unerwartete ausgerechnet ihm widerfahren musste. Plötzlich kippten die Ankömmlinge um und lagen im Sand wie reife Früchte, die sich vom Baum gelöst haben.

»So schwerelos können nur Geister sein«, dachte Haruth.

Einer von ihnen versuchte, auf dem Bauch zu kriechen, griff nach einem ungeputzten Fisch und fing an zu essen. Einen Augenblick lang begriff Haruth nicht, was gerade geschehen war und starrte bestürzt.

»Hungrig sind sie«, dachte er mitleiderfüllt und gewahrte, dass es Menschen waren, »Geister erleiden keine Hungerqualen oder Gewissensbisse oder etwas Vergleichbares, Gefühle sind ihnen fremd.«

Er lief zu dem im Sand vergrabenen Fass.

»Der hier ist nicht gut, iss ihn nicht.«

Währenddessen holte er mit der Holzschaufel aus den tieferen Schichten ein paar bereits fermentierte Fische, wusch sie im See und verteilte sie.

»Esst langsam.«

Haruth schleppte sie zum Fluss, der unbändig von den Bergen herabströmte, sich in der Nähe des Ufers in feine Äderchen ausdünnte und in die Erde sickerte, seine Grenzen nur durch nasse Markierungen auf dem Sand sicherstellend, so wie Tier es tun, wenn sie ihr Revier mit Urin kenntlich machen.

Er nahm sie unter die Arme und trug sie einzeln zum Ufer, wo er sie auf das nasse Gras warf und eilig mit Wasser bespritzte.

»Das Dorf ist nicht weit«, sagte er. »Kommt etwas zu euch, dann gehen wir gemeinsam.«

»Keine Kraft«, stöhnte der Alte, »wir bleiben hier.«

»Ihr könnt hier nicht bleiben. Nachts zieht der Wind dem Ufer die Haut ab, hebt den Sand zum Himmel.«

Er bereute es, dass er die Ochsen nicht dabeihatte, die von Maul- und Klauenseuche befallen mit teerbeschmierten Hufen, dickflüssigen Sabber verströmend, im Stall standen.

»Dann sterben wir eben«, wimmerte der Alte. »Was ist unser Leben noch wert, nach all dem, was wir gesehen haben?«

Manche von ihnen kauten und nagten an den rohen Fischstücken, andere lagen wie entseelt da, einen Fisch im kraftlosen Griff oder die Hände hilflos in den Sand gekrümmt. Kleine rote Insekten hatten sich auf den sauren Fischen und auf ihren Händen versammelt.

Haruth lief etwas flussabwärts und holte aus dem Gras eine aus Weidenzweigen geflochtene große Fischreuse. Er hievte sie wie einen Zaun über den Fluss, genau an der Stelle, wo er sommerlich seicht in den See mündete. Zuerst klopfte er mit einem Stück Stockholz die Reuse an einem Ende in die Erde, anschließend überwand er mit zwei, drei kurzen Sprüngen den schmalen Fluss und befestigte das andere Ende der Reuse am anderen Ufer. Balancierend auf den aus dem Wasser emporragenden Steinen kam er zurück.

»Geht nicht weg, ich werde euch mit dem Fluss Essen schicken. Viel Essen … ihr könnt es hier auffangen. Bis ich wieder hier bin, um euch abzuholen.«

Er deutete auf den geflochtenen Zaun, der, tief ins Wasser gedrückt, Schaum und Grünzeug auffing, und rannte ins Dorf.

Die Sommer dauern hier kürzer als ein Wimpernschlag. Die stürmischen Winde treiben zerrissene Algen aus dem Inneren des Sees ans Ufer, flattern unruhig, aufheulend und wieder verstummend und erfüllen die Luft mit dem Geruch von Wasser und Seegras. Die Welle hüllt die aufgewärmten Ufersteine in Algengewand und zieht sich etwas verschämt zurück. Für gewöhnlich sah Haruth stundenlang dem Wasser zu, mit dem Rücken gegen marode, an den Seiten mit Teer beschmierte, kopfüber gedrehte Boote gelehnt, in deren Bäuchen der Wind zeitweilig den Sand zermahlte. Wenn die Wellen aus dem Innersten des Sees eruptierten und sich mit ohrenbetäubendem Dröhnen gegen die Felsen warfen, wussten sie nicht, dass der Fels von den ihm verpassten Schlägen nicht zerbricht. Was danach geschah, wusste nur der von ihnen zurückgelassene perlweiße Schaum.

Jetzt brachen die Wellen schwerfällig und was brachten sie: Schaum.

Die Grenzenlosigkeit des Sees vor sich, fragte Haruth sich selbst:

»Wohin ist das Wasser nach der Sintflut geflossen? Wohin hat es die Sünden der Menschheit gespült, wem zur Verwahrung gebracht? Und werden sie gut bewacht oder kommen sie zurückgeschlichen? Wie könnte es sonst die Ankömmlinge und ihre Geschichten geben?«

Die Wellen zerbrachen knisternd an den glatten Steinen, zerrieben sich an ihnen und flossen in kleinen hügeligen Kreisen zurück. Dabei zerrupften sie die weißwurzligen Algen, die, von der Wucht der Wellen erfasst, zunächst stramm zum sandigen Boden sanken, sich dann durch das Wasser den Weg zurück an die Oberfläche bahnten, um die am Ufer liegenden Steine in ihre verschlungene Umarmung zu nehmen.

Haruth atmete den trauten schluffigen Sandgeruch ein und versuchte zu verstehen, wer die Ankömmlinge waren und was sie erzählten. Mit wem wird er ab jetzt die Grenzenlosigkeit des Sees, die Einsamkeit der Berge teilen müssen, mit wem diesen Schmerz, der in seiner Plötzlichkeit so unerwartet gekommen ist, wie sonst nur Wunder. Im November, als er zuletzt in die Welt hinabgestiegen war, hatte er nichts gesehen oder gehört, was derartiges angekündigt hätte. Bedrückt dachte er nach. Er würde den Ankömmlingen das Essen geben, sie auf sein Gespann setzen. Sollte noch Platz bleiben, würde er auch die Fische hineinladen und ins Dorf zurückfahren. Die in Salz eingelegten Fische würde er auf die Steine legen und den Dorfkindern auftragen, sie von Zeit zu Zeit umzudrehen. Die Sonne würde sie trocknen und der Wind ihnen das Salz von der Haut wischen. Im Gehen grübelte er darüber nach, ob das geschickte Essen wohl ausreichend war.

Genau in diesem Augenblick lief der Surnaspieler Wasgen fröstelnd zum Fluss, um sich die Hände zu waschen und die Weidengerte im Wasser weich zu schlagen; um sich zu beugen und die Achsenhöhlen auszuspülen; um sich den Daumen auf das rechte Nasenloch zu drücken, die Lungen mit Luft zu befüllen und durch das andere Nasenloch auszuatmen – und blieb wie angewurzelt stehen. Das Wasser brachte große Käseköpfe und spülte sie einen nach dem anderen aufs Gras. Ebenso ein paar Kugeln Butter, an manchen Stellen durch erstarrte Fingerabdrücke ausgedellt.

»Na so was!«

Der vor lauter Glück in Verwirrung geratene Wasgen fischte noch eine weißliche Kugel aus dem Wasser, hielt sie dicht unter der Nase und schleckte sie ab.

»Das ist doch Honig!«

Beim Naschen überkamen ihn aber Zweifel.

»Wer ist denn so blöd, das alles ins Wasser zu werfen? Was ist, wenn es vergiftet ist?«

Er betrachtete misstrauisch den gerade herausgeholten Krug, randvoll mit thymianverfeinertem Käse gefüllt. Noch ein Krug! - mit Ghaurma und gelb erkalteten Fettperlen darauf. Er biss ein Stück von einem der Käseköpfe ab. Einen Augenblick lang stand er wie erstarrt und konzentrierte sich auf seinen Bauch und die daraus kommenden Geräusche.

»Was soll's«, sagte er zu sich, »warten wir zwei Stunden und wenn ich danach noch am Leben bin, dann war das Essen nicht giftig.«

Als Haruth angekommen war, lagen die Ankömmlinge leblos auf dem blauen Sand. Nur die Schwangere blinzelte.

»Ich habe euch doch Essen geschickt, wieso habt ihr es nicht abgefangen?«, fragte er und schaute verständnislos die um ihn herum im Sand Verstreuten an.

»Der Fluss hat nichts gebracht«, sagte die Frau trocken. Ihre zersprungenen Lippen bewegten sich kaum.

Er brach ein kleines Stück vom Brot ab, das er für den Weg eingesteckt hatte, und legte es ihr in die Hand, die Frau war jedoch nicht in der Lage, die Hand zum Mund zu führen. Haruth erinnerte sich, wie er als kleines Kind das Brot zerbröselte und es vor Hühnerküken warf und legte ihr ein paar kleine Stücke in den Mund. Sie war aber nicht einmal imstande, den Kiefer zu bewegen. Haruth verstand, dass er sich beeilen musste.

»Jemand muss ihnen mit einem Wattetupfer ein paar Tropfen Wasser einflößen.«

Er lud den Karren unweit des Flusses im Gebüsch auf dem nassen Sand aus, hievte die Ankömmlinge hinauf und fuhr ins Dorf. Den ganzen Weg versuchte er, mit der Frau zu sprechen. Aber der Wind machte jegliches Gespräch unmöglich. Er zerzauste und zerfetzte gründlich jedes gesagte Wort und mischte die Fragmente der einzelnen Laute unter den Sand.

Als sie im Dorf ankamen, warteten die Dorfeinwohner auf den Fisch.

– Er atmete erneut die kalte Scheunenluft ein und tastete den Boden des runden Korbs nach Eiern ab, fuhr mit den Fingern jeweils über die Schale, suchte die Puteneier heraus und steckte ein paar in die Hosentaschen. Den Rest zwischen den gespreizten Fingern haltend, ging er zurück in die Diele. Auf dem Weg dorthin stieß er mit dem Fuß gegen einen Spaten, der auf das daneben aufgereihte Werkzeug fiel und geräuschvoll gegen die Tür aufschlug. Sisak eilte ihm zu Hilfe, hob das Werkzeug vom Boden, lehnte es an die Wand und während er den Spaten zurück an seinen Platz brachte, musterte er dessen scharfe Kanten.

»Ob es wohl jener Spaten ist?«

Und aus Angst, Haruth könnte von dem darauf gerichteten Blick seine Gedanken ablesen, sagte er:

»Die Schneide ist abgestumpft, gib sie zum Schleifen.«

Und während Haruth den Inhalt seiner Hosentaschen auf den Tisch ausleerte und dabei mürrisch brummte: »Brauch ihn ja so gut wie nie«, betrachtete Sisak voller Entsetzen den Spaten und dachte an den Tag zurück, an dem es hier den denkwürdigen Streit gegeben hatte; als Nachschuns Vater Sargis zu fliehen versucht hatte, dabei gestolpert und gegen die Tür gefallen war, was die massiven Pfosten zum Erschüttern gebracht hatte.

»Hilfe! Hilfe! Beeilt euch! … Er wird ihm den Hals abschneiden! Schnell! Helft doch!«

Ones schob den Fuß gegen den Spaten, dessen scharfe Kante es auf den kraftlos sich auf dem Boden wälzenden Alten abgesehen hatte und schrie bestürzt:

»Kommt schnell! Den Hals wird er ihm durchschneiden!«

»Er hat kein Recht, dieselbe Luft zu atmen wie ich.«

Haruth streckte sich keuchend in alle Richtungen und versuchte, sich aus der Umklammerung der ihn festhaltenden Arme zu befreien. Dabei dachte er, dass nichts, und zwar gar nichts – weder die Mächtigkeit des Feindes noch die eigene Ohnmacht oder sogar das Schicksal – eine Niederlage rechtfertigen kann, dass sie allein Gottes Wille sei und setzte zu einem erneuten Angriff an.

»Vor seinen Augen wurde seiner Tochter das angetan, aber er hat weder sie getötet noch sich selbst gerichtet.«

»Hab' Gnade mit ihm«, sagten die Dorfleute.

»Jedem, der einen Laut von sich gibt, schneide ich mit meinem Spaten die Kehle durch«, schrie Haruth.

Sie hatten die unberührte Sängerin des armenischen Klosters von Musch auf der ganzen Strecke von Wan nach Eriwan vergewaltigt und als die Ankömmlinge das Dorf erreicht hatten, war der Bauch beachtlich groß.

Haruth riss sich los und griff nach dem Spaten.

Schon am nächsten Tag musste Sargis in die umliegenden Berge flüchten, die wie Speerspitzen den Himmel durchbohrten, und man konnte nachts sein angsterfülltes Geheul vernehmen. Ein-, zweimal im Monat versuchte Sargis, ins Dorf zurückzukommen, wo er jedes Mal auf Haruth traf, der stets bereit war, mit dem Spaten seinen Hals durchzutrennen oder ihn mit bloßen Händen umzubringen.

»Wenn die Türken nachts auf ihren Pferden in dein Haus einfallen und dein Schicksal zerstampfen, deine Knochen ins Bettzeug reindrücken, würdest du auch heulen«, sagten die Dorfleute.

»Nein«, erwiderte Haruth, »er hat nicht das Recht, dieselbe Luft zu atmen, wie ich.«

Und so hatte Sargis keine Wahl und musste zurück, um mit den Wölfen zu heulen.

Die Dorfbewohner versuchten immer wieder, Haruths Mitgefühl zu erwecken. Aber und abermals erschütterte das Geheul des Rudels den Himmel.

»Das ist die Stimme des armen Sargis«, sagte einer der Dorfmänner, der sein Gehör spitzte, um jenen Ton herauszulösen, der am schmerzlichsten klang.

»Woher willst du das wissen?«, zweifelte ein anderer sein Urteil an. »Wie hast du in diesem verworrenen Geheule das von Sargis herausgehört?«

»Das Heulen eines Wolfes ist hohl, das eines Menschen mit Hoffnung erfüllt.«

Aber egal, was man sagte oder wie man zu ihm sprach, Haruth blieb standhaft. Satho redete trotzdem wieder und wieder auf ihn ein:

»Ach, mein lieber Haruth, jedes Schicksal birgt seinen eigenen Türken, was bringt es, den Armen wegzujagen?«

Der schwangeren Nachschun versicherte sie:

»Das Herz meines Haruths ist rein wie die Leber einer Taube, er muss sich nur beruhigen, dann wird er es ihm schon verzeihen.«

So weit kam es jedoch nicht.

Die Flüchtlinge erwiesen Haruths Härte große Wertschätzung. Sie balsamierten in ihren Erinnerungen das Durchlebte. Den Schmerz schliffen sie in sich so lange, bis die gestorbenen Angehörigen und die verlorene Heimat zu Kristallen erstarrten, die sich in ihre Tränen einpassten. Wenn sie weinten, hörte man lediglich leises Stöhnen und ein paar Wortfetzen, in denen sie auch die Kurden verfluchten:

»Die Türken haben uns in Stücke gerissen, weil sie es auf unsere Heimat und unsere Geschichte abgesehen haben. Wieso die Kurden uns gemordet haben, das soll mal einer verstehen.«

Sargis stellte sich nicht gut als Wolf an. Sein Heulen durchstach den Himmel nicht, um noch höhere Höhen zu erreichen. Um diese Schande auszugleichen, stimmten die Wölfe ein ... uuuu.... uuuuuuu... Warso schloss sich an, vereinzelte Wörter vor sich hin brabbelnd:

»Ans Kreuz geschlagen ... einen nach dem anderen haben sie ans Kreuz geschlagen.«

»Wie wurden sie ans Kreuz geschlagen, Warso?«, löcherten sie Neugierige. »Gleich wie Jesus? Oder schlugen sie ihnen die Nägel an einer anderen Stelle ein?«

»Ufff«, stöhnte Warso schwermütig und haderte dabei innerlich mit Gott: »Allmächtiger Gott, gab es keine andere Möglichkeit, die Welt zu retten? War denn die Menschheit schon dermaßen verdorben, dass Du keinen Ausweg mehr gesehen hast und zum Kreuze greifen musstest?«

Zu den anderen sprach sie aber laut:

»Liebe Leute, warum wollt ihr diese traurigen Geschichten hören, die euer Blut eintrüben werden. Lasst mich euch lieber ein Märchen erzählen.«

– Haruth legte die Eier, die er zwischen den gespreizten Fingern hielt, in Sisaks Schoß.

»In Deir as-Sur war das Leben eines Armeniers ein Goldstück wert. Die Eltern zahlten an die Janitscharen je ein Goldstück pro Kind, damit diese nicht vergewaltigt und zu Tode gefoltert, sondern erschossen werden. Und hier … ein Paar türkische Zwillinge für zwanzig Eier. Kein schlechtes Geschäft!«

Sisak sah ihm ins Gesicht und schmunzelte.

»Wage es ja nicht!«, schrie Haruth. »So dürfen diese Kinder nicht genannt werden. Denke doch an Nachschun! Die Kinder haben ein Leben vor sich, nenne sie nicht so, mach ihr Leben nicht leidvoller als es schon ist. Sie haben so viel Schrecken und Erniedrigung erfahren, bevor sie diese Welt erblickt haben. Mache es nicht noch schlimmer!«

Sisak schreckte zurück, dann legte er die Eier in seine Jackentaschen und wies Haruth zurecht.

»Hör auf damit, wenn dir so viel an Nachschun liegt, dann lass den Alten, diese arme Seele, lass den Mann zurückkommen. Du willst doch nicht mit diesen Geschundenen Kräfte messen. Der Alte soll zu seiner Familie zurückkommen.«

»Nein!«, schrie Haruth, »auf keinen Fall! Er hat kein Recht. Er wird mein Dorf nicht betreten.«

»Nachschun hat ihm verziehen, warum führst du dich so auf?«

»Soll sie ihm verzeihen, wenn sie will. Das ist mein Dorf, er darf hier nicht leben.«

»Was hat er dir getan?«

Haruth klappte die Läden seines Herzens zu, dessen Glut wie die einer erloschenen Sonne noch heiß war.

»Ach … Keine Ahnung … Es gibt so viel worüber man sprechen oder lieber schweigen sollte.«

»Lass doch diesen Stein von deinen Schultern fallen. Warum lässt du zu, dass dein Ansehen dadurch untergraben wird. Genau das ist der Grund, warum dir nachgesagt wird, dass du ein Auge auf Nachschun geworfen hast.«

»Ich bin jemand, der Reinheit verehrt. Wie kann ich ein Auge auf etwas geworfen haben, das von Türken beschmutzt wurde? Ich finde nicht einmal das Paradies anziehend, da es auch der Teufel aufgesucht hat.«

Haruth pflegte immer schon, mit seinen Wolfshunden nachts durch das Dorf zu wandern, um dessen Ruhe zu bewachen. Man hat gesehen, wie er unter Nachschuns Fenstern verstohlen nach ihr spähte. Er beobachtete stundenlang, wie sie sich bewegte, auszog, aß, weinte. Alle wussten, dass das trübe Schmelzwasser sich mit Haruths Blut vermischt hatte und alles zermahlend sich seinen Weg bahnte. Einmal hatte sogar Ones ihn dabei ertappt, wie er gebannt Nachschun beim Baden zusah.

»Mein Sohn«, sprach er mitleidig zu ihm, »sie kann keinen Mann lieben. Das Leid hat sich so tief in mein Innerstes reingefressen, dass es sogar die Wiegenlieder meiner Mutter zum Verstummen gebracht hat. Bis heute aber hallen in meinen Ohren Nachschuns Schreie, als türkische und kurdische Männer sie untereinander hin- und herzerrten. Lass sie in Ruhe, sie wird keinen Mann mehr lieben können.«

Einen Augenblick lang herrschte Stille. Es war wieder Ones, der einen Seufzer ausstieß:

»Was denkt sich der Allmächtige dabei, wenn er Menschen Schmerzen erleiden lässt, die für sie nicht vorgesehen sind? Meine Seele ist für immer aus den Fugen geraten, so heftig ist dieser Schmerz.«

Haruth blickte ihn an:

»War sie wirklich eine Sängerin?«, fragte er mit bemüht gleichgültiger Stimme.

»Und wie sie gesungen hat«, wehklagte Ones, »als tauchte sie ihre Stimme in dein Blut.«

«Lass den Stein von deinen Schultern fallen«, redete Sisak ihm weiter zu, »lass diesen Menschen zurückkehren zu seiner Familie.«

»Niemals.«

»Wenn du eine Familie und Kinder hättest, dann würdest du nicht so reden.«

»Braucht die Erde etwa frisches Blut, um ihren Durst zu löschen und frisches Fleisch, um ihren Hunger zu stillen? Nein, mein Lieber, jemand, der so viel gesehen hat, kann der Welt keine Nachkommen anvertrauen. Ich nehme mein Blut wieder mit, vielleicht kann Gott es irgendwo gebrauchen. Wichtig ist mir mein Name, und den hat man dem kleinen Haruth gegeben.«

Sisak hielt kurz inne und holte zum Angriff aus:

»Man hat gesehen, wie sie zu dir ins Haus gekommen ist. Nachschun, meine ich.«

»Ja, und? Sie war zweimal hier, einmal hat sie ein Kissen gebracht, einmal eine Decke. Sie glaubt wohl, dass sie immer noch unter Türken lebt, will mich mit Geschenken milde stimmen.«

»Bettzeug, sag ich ja. So ist es doch mit allen Frauen. Zuerst ein Kissen, dann eine Decke … und dann … Sie werden wohl das Bett nicht leer belassen, müssen es mit Inhalt befüllen.«

»Jetzt reicht's!«

Haruth stütze sich auf das schmerzende Bein und stand mit zornigem Blick auf.

Verängstigt und beleidigt zog Sisak die Tür krachend hinter sich zu und schlich davon. Er suchte zur Lohnübergabe Satho auf, die betrunken und müde gerade die Wöchnerin verließ. Neben der Schnapsfahne verströmte sie strengen Knoblauchgeruch, blinzelte erschöpft unter den buschigen Augenbrauen und sagte mit abgekämpfter Stimme:

»Das eine, das zuerst kam, war schon überreif, das sage ich dir. Blickte mir ins Gesicht als wollte es sagen ›ich bin gekommen, um zu sterben‹. Und das andere, ach … herzzerreißend unschuldig, So ahnungslos, dass es schon an eine Sünde grenzt. So eine Unschuld ist keine Tugend mehr, sondern nur ein Nachteil im Leben. Wie dem auch sei, der Lohn ist wie immer dreißig Eier.«

Drei Tage später, als Satho sich erholt zu haben schien, es im Dorf weder Gebärende noch Sterbende gab, machte sie sich auf den Weg zu Haruth, der gerade Fischeier in einem Schadsch über dem Holzofen röstete. Darin brodelte das Feuer so heftig, dass die Scheite zischend gegen die Wände schlugen.

»Grüß dich.«

Satho setzte sich zum Ofen. Von der Wärme ermattet, starrte sie in die Pfanne und verfolgte mit dem Blick die roten Körner, die vom Feuer erhitzt knisternd in die Luft schossen, gegeneinanderprallten und wieder zurück prasselten.

»Gott grüße dich.«

Haruth nahm vom Holztisch den Teller mit schon erkaltetem Fischkaviar und legte ihn in Sathos Schoß.

»Ich habe die Gebährmutter und alles was dran war herausgenommen«, sprach sie, ohne einen Namen zu nennen und ohne jeglichen Einstieg, als würden sie ein abgebrochenes Gespräch weiterführen.

»Warum?«

»Zerrissen war sie.«

»Wieso hast du sie nicht gesund gemacht, wozu braucht man dich sonst?«

»Weiß man, ob ich es geschafft hätte?«

»Sag ihr nichts davon«, seufzte Haruth auf.

»Ich hätte es dir auch verschwiegen, wenn ich keine Angst hätte, dass …«

Satho stand auf, ging zu dem neben der Tür stehenden Holzfass, das mit Tan gefüllt war, holte mit zwei Fingern eine ersoffene Fliege heraus und warf sie weg. Dann tauchte sie einen Tonkrug in die glucksende Flüssigkeit, schöpfte reichlich, sodass es tropfte, und reichte ihn Haruth.

»Trink etwas Tan.«

»Wenn du keine Angst hättest?«

»Wenn ich keine Angst hätte, dass du sie zur Frau nimmst. Was ist ein Mensch ohne Nachwuchs wert?«

In diesem Augenblick zogen drei Jungen an Haruths Haus vorbei, einander schubsend, sich gegenseitig aus den Händen Gathastücke reißend und lachend.

»Welcher von denen ist wohl deiner?«, scherzte Satho zu den Kindern blickend und versuchte so Haruths Herz zu erweichen.

»Was habe ich mit denen zu tun?«, verteidigte sich Haruth.

»Jetzt stell dich nicht so an. Wie oft bist du mit der Mutter von ihnen auf den Kleewiesen verschwunden? Sag, was du willst, der mittlere hat deine Augen.«

»Hör auf.«

So wurde das Dorf zuletzt vor vierhundert Jahren von den Arabern gebrandschatzt. Diese haben jedoch – das muss man ihnen zugutehalten – den Drang zum Leben nicht ausgerottet. Sie haben zumindest Ruinen zurückgelassen, in denen bis zum Völkermord an den Armeniern im Jahre *achtzehnhundertsechsundneunzig* Schlangen hausten. Ein Schlangenleben ist auch ein Leben, vom Schöpfer erschaffen. Zurückgeblieben war zudem das Grab von Mnik. Pertsch setzte sich unwissentlich darauf, nachdem er den höchsten Gipfel erreicht hatte, wo die Welt in erstarrten Schneemassen endete. Mniks Grabstein war die einzige Beurkundung des früheren hiesigen Lebens, mit einem einfachen Bildnis darauf: Kleiner Kreis = der Kopf, großer Kreis = der gedunsene Bauch, seitlich abgehende Striche = die Arme und Beine. Auf dem Bauch ein Sas (vermutlich war er Saspieler gewesen), datiert mit *sechszehnhundertsechsundsechzig*, mit der Inschrift: »Es ruhet hier Mnik, durch ungerechte Hand gefallen«. Wem die ungerechte Hand gehörte, war nicht geklärt. Alle möglichen Menschen sind hier vorbeigezogen, jeder hätte es gewesen sein können. Mit einem Wort: Es gab hier Leben und Haruth und Pertsch haben dieses Dorf auferstehen lassen. Und als hier neue Flüchtlinge ankamen, die dem Völkermord von *neunzehnhundertfünfzehn* um ein Haar entkommen waren, war der *achtzehnhundert-*

sechsundneunzig aus Lathar geflüchtete Haruth, der auf den von den Arabern zurückgelassenen Trümmern das Dorf gegründet hatte, bereits ein Ansässiger, auch wenn sein Stammbaum erst hier seinen Anfang nahm und keine Ahnennamen von seinen Ästen hingen.

Hier gab es keine Kirchtürme, keine Gräber schmückenden Kreuzsteine, die bei tief stehender Sonne lang gezogene Schatten warfen. Es gab keine Mauern, keine Zäune, die einem Menschenleben Grenzen setzen. Die Bewohner huschten hier wie Eidechsen von einem Steinhaufen zum nächsten, besser verborgen als unterirdisch verlaufende Gewässer. Keinerlei Kreuze, Kirchen oder Priester. Sie hatten so viele brennende Kirchen, einstürzende Kreuze und hingeschlachtete Pfarrer gesehen, dass sie Gott keinen speziellen Platz mehr auswiesen, sondern ihn in sich trugen und in ihre Gebete hüllten. Sie fragten auch nicht mehr danach, wo der Weg zur glattgeschliffenen Schönheit des Himmels verlief.

Niemand wusste von der Existenz dieses Ortes. Sogar die Zeit fürchtete sich davor, ihn zu betreten, weil die schroffen Gipfel sie zu zerfetzen drohten und sogar das penibelste Kramen nichts hervorgebracht hätte, was sie mit Staub bedecken könnte – zu mächtig waren die Berge.

Zuwachs brachten dem Dorf nicht die Geburten, sondern Haruths Fahrten in die Welt. Stets fand er jemanden vor, der vor der Ausweglosigkeit stand, vor dem Gesetz, vor den Türken, vor der Ehefrau oder vor sich selbst auf der Flucht war. Im Dorf angekommen, leerte Haruth zuerst die Spreu, mit der er die Steinsalzblöcke vor der Sonne schützte, dann die grauen salzhaltigen Blöcke und holte darunter jemanden hervor, dem er den ganzen Weg lang folgendes eingeschärft hatte:

»Es interessiert niemanden, wer du warst und was du im Leben gemacht hast. Hier hast du Mensch zu sein und dich menschenwürdig zu benehmen. Ansonsten bringe ich dich in eben diesem Wagen mit verbundenen Augen unter den salzigen Fischen liegend zurück an die Stelle, wo ich dich aufgesammelt habe.«

Einem Neuankömmling stellte man keine unnötigen Fragen. Menschen, die unter den Trümmern ihres Schicksals leben, stellen einander keine Fragen. Hier war jeder Mensch frei, seine eigene Biographie neu zu schreiben, das bisher gelebte Leben zu redigieren und zu beschönigen.

Das Dorf barg einen weiteren Vorteil, denn es war einem Friedhof gleich: Wer es einmal betreten hatte, konnte es nie wieder verlassen.

Alle Wege, die ins Dorf hinein oder aus dem Dorf hinaus führten, kannte nur Haruth allein. Einige Male im Jahr brach er in die Welt auf. Vor ihm war es Pertsch gewesen, der alle in die Welt führenden Wege hütete, solange, bis Haruth erwachsen wurde. Er hinterließ sie ihm, weil sie die Flucht gemeinsam durchgestanden hatten. Obwohl, einmal, da lebte Pertsch noch, hatten sie beschlossen, sich draußen Preis zu geben, ihre Existenz offen zu legen. Nach dem Jahr *achtzehnhundertsechsundneunzig* kam jedoch das Jahr *neunzehnhundertfünf* und dann *neunzehnhundertfünfzehn*. Nichts kann in sich so viel Blut und so viele Tragödien aufnehmen wie Jahreszahlen. Und so waren sie froh, dass sie diese Dummheit nicht begangen hatten, dass es einen Ort gab, der Unterschlupf vor den Verfolgungen des Lebens bot.

»Lasse es nie zu, dass die Welt sich in dein Leben einmischt«, vermachte ihm Pertsch, »niemals!«

Dennoch fiel die Welt über sie herein.

Die Dorfeinwohner hatten die Schwangere »Nachschun« – die Schöne - getauft. Innerhalb eines Monats, nachdem sie die Lumpen abgelegt, den Dreck heruntergewaschen und normale Nahrung zu sich genommen hatte, nahm sie sogar etwas zu und so sahen die Dorfleute, dass die Türken und die Kurden nicht nur Brutalität, sondern auch Geschmack besessen hatten. Eine Schönheit war sie. Helle Haut, schlank, mit der graziösen Biegsamkeit einer Schlange. Die Frau nahm den Namen mit Freude an und ließ das Durchlittene zusammen mit dem alten Namen in den Wüsten des Deir as-Surs zurück. Wären da bloß nicht das von den Bergen immer wieder ertönende Geheule und das im Unterleib spielende Kind, die ihr Bewusstsein wachrüttelten.

Sie verließ das Haus nur selten, weil die Leute, auch wenn sie voll Mitleid und Anteilnahme tuschelten: »Ein schlimmes Ungemach ist das! Was kann die Arme dafür?«, den einen oder anderen neugierigen Blick auf ihren Bauch warfen. Machtlos und mit bitterer Heftigkeit knetete sie dann die Finger, die unter der Schürze schmerzvoll knackten.

Nachschun trug ihren Bauch mit Stolz, obwohl sie die darauf gerichteten Augen und das Mitleid spürte und das ständige Getuschel sie grämte. So wie an jenem Tag, an dem die Dorfleute dem Sohn von Argon den letzten Abend als Junggeselle ausrichteten und die zwei männerlosen Frauen – die lüsterne Margusch und die runzlige Gjulnar – über sie lästerten, obwohl sie wohl am wenigsten das Recht dazu hätten. Margusch war ins Dorf gekommen, weil sie mit zwei Kindern an der Hand Haruth auf Knien darum angefleht hatte. Und erst dieses Jahr, als sie beim Pferdedillsammeln am Fuß von einer giftigen Pflanze gestochen wurde und heftig fiebernd von den Dorffrauen gerade noch ins Dorf geschleppt werden konnte, hatte sie unter Einwirkung des Gifts im Fieberwahn, ähnlich wie in Todeserwartung, offenbart, dass sie ihre drei größeren Kinder zurückgelassen und mit den zwei jüngeren an der Hand fortgegangen war. Und Gjulnars Mann war am Abhang einer Schlucht auf einem Esel unterwegs gewesen, als dieser, wie von bösen Geistern befallen, durchdrehte, vom Pfad abkam und in die Tiefe stürzte. Wieder war es Haruth – Gott beschere ihm ein langes Leben – der den schwierigsten Part übernahm. Er stieg in die Schlucht hinunter, mit einem Rosshaarseil um den Bauch, ließ sich an einem Seilende von den Dorfmännern halten, band das andere um den Toten und holte ihn so herauf. Keine einzige heile Stelle hatte man auf der Leiche finden können. Aber wenigstens ein Grab bekam der Arme und wurde nicht zum Fraß für wilde Tiere. Also saßen diese zwei männerlosen Frauen da – Marguschs Backen mit Gatha, Gjulnars Mund mit gerösteten Weizenkörnern vollgestopft – starrten ungeniert Nachschuns Bauch an – sie hätten ja auch etwas zur Seite schauen können – und raunten einander zu.

»Auch im Unglück kann man Glück haben. Unsere Kinder sind halbverwaist, sind aber wenigstens von einem Vater. Nicht so wie ihres, eine Schande ist das!«

»Gott bewahre!«

Und sie spuckten sich dreimal in den Ausschnitt, damit ihnen so ein Schicksal erspart bleibt.

Mit Absicht laut gesprochen, drangen Fetzen ihrer Unterhaltung zu Nachschun.

»Und jetzt auch … Stell dir das mal vor! Ausgerechnet mit dem, der den Vater zum heulenden Wolfskind gemacht hat. Bäh! Bäh!«

Gjulnar biss mit solcher Heftigkeit ins Gathastück hinein, als würde sie es zum Bluten bringen wollen.

»Haruth ist ein anständiger Kerl«, sagte Bro, ohne den Blick von Nachschun abzuwenden, als wollte sie prüfen, ob sie ihnen zuhört. »Bestimmt hat er ihren Vater vom Berg runtergeholt und irgendwo abgesetzt. Der Kälte unserer Berge kann nur die Einsamkeit standhalten, da bleibt einem keine Luft zum Heulen.«

Nachschun tat so, als bemerkte sie nichts. Eher fürchtete sie, dass wenn sie ein Wort, eine Bemerkung fallen ließe, sie wie einst Hiob wie eine Aussätzige behandelt werden würde, wie eine Leprakranke, und alle würden sich von ihr fernhalten, aus Angst, sich sonst eine schlimme Krankheit zu holen.

Das Fass zum Überlaufen brachte jedoch ausgerechnet jene Margusch, die Satho einst mit einem Silberring statt mit Eiern entlohnt hatte, um in fünf Minuten von der Frucht befreit zu werden und danach das Verhältnis mit dem Mann ihrer Schwester fortzuführen; sie betrachtete bewundernd die in ein selbstgesticktes Burdik aus feiner Spitze gekleidete Nachschun von Kopf bis Fuß und bemerkte beiläufig:

»Eine schöne Frau ist sie«, als spräche sie nicht von ihr, als wäre Nachschun gar nicht dabei.

Dann legte sie noch eins drauf, zwar so, als würde sie zu sich selbst sprechen, dennoch hörbar für alle:

»Haruth ist ein gerissener Teufel. Er weiß genau, was er kriegt.«

Zu Nachschun gewandt sagte sie:

»Gut schaut Haruth auf dich, kann man nichts sagen.«

Sie bereute es fast, als sie ihr errötetes Gesicht und ihre erstarrte Haltung sah, schickte jedoch trotzdem hinterher:

»Das Gemunkel ist unbegründet, ich denke nicht, dass es Liebe ist. Haruth ist wie Gott, er eilt immer Geschändeten und armen Landstreichern zur Hilfe.«

Siegessicher streckte sie den Hals in die Länge.

Nun hielt es Nachschun nicht länger aus:

»Richtig«, sagte sie vor Wut zitternd, »und da du jungfräulich bist wie der Tod und nicht geschändet wie das Leben, besteht keine Gefahr, dass Gott dir zu Hilfe eilt.«

»Nicht schlecht«, freute sich Haruth, als ihm zu Ohren gekommen war, dass Nachschun sich zur Wehr gesetzt hatte, »dann lebt sie noch.«

– Nachschun drehte sich in dieser Minute zu Warso, sah sie an und rief sich ihren Rat in Erinnerung: »Du musst dein Gesicht mit Pech schwärzen, damit sie glauben, dass du genauso bist, wie sie.« Sie nahm ein Stück Halwa vom Tisch und legte es vor Warso hin:

»Was ist denn, Warso? Wieso isst du nichts?«

Die Städterin Warso, einst Besitzerin eines Süßigkeitenladens, die Schöpferin des berühmten »Chanumas Nabel« – den Teig teilte sie in so dünne Streifen, haarfein, dass sie durch ein Nadelöhr passten; zu Mandeln und Nüssen gab sie Honig und orientalische Gewürze und die Süße ihrer Finger dazu, damit die Süßspeise ihrem Namen gerecht wird und einem den gleichen Genuss bereitet, wie eben das Küssen des Nabels einer schönen Chanuma (Frau) – landete nun an einem Ort, an dem das höchste der Genüsse in Fett geröstetes Mehl mit Zuckerwasser – das Halwa – war. Was sollte sie nun tun? Hier halfen weder die Wahrheit noch die Lüge weiter. Sie fand Zuflucht und Versteck in ihrem Märchen.

»Wie soll es mir gehen? Das Pferd des Königsohns hat sich im Wald den Fuß verstaucht, ich habe ihm einen Wickel gelegt aus Weihrauch und zerdrücktem Hühnerküken. Wenn es was hilft, gut, sonst muss ich es schlachten, auch wenn der arme Prinz dann den ganzen Weg zu Fuß zurücklegen muss. Und die Sonne knallt auch herunter. Sie reckte die Hand kampfesmutig in die Höhe und steckte sie in den Rachen des hitzeschlappen Himmels.

Für das Dorf war Warso die größte Erschütterung. Flüchtlinge und Türken hatten die Dorfeinwohner zur Genüge gesehen. Gibt es denn auf der Welt einen Christen, dessen Schicksal nicht von einem Dolch durchbohrt wurde? Aber eine Frau, die raucht! – so etwas gab es zum ersten Mal. Warso rauchte alles, was ihr unterkam: Tabak, Hanfpflanzen, Baumrinde, Gras. Sie stopfte es in ihre Holzpfeife und zog zuerst leicht an ihr. Dann machte sie einen tiefen Zug, füllte Herz und Lunge mit heißem Rauch, ließ ihn durch alle Zellen wandern und stieß den angereicherten Qualm durch die Nase in dicken Schwaden in die Luft.

Anfangs hatten die Kinder Angst vor Warso. Jedoch schaffte sie es innerhalb von einer Woche, dass das ganze Dorf nach ihrer Pfeife tanzte. Ihr Märchen hatte einen sehr schönen Anfang: Der rote Süd-Ost-Wind wacht im Bauch der Mutter auf. Auf seinem Weg verschluckt er Wiesen und Acker, spannt sich den Fluss wie einen Gürtel um die Taille, reißt den Berg samt Wurzeln aus, wirft ihn zur Seite und steigt langsam in den Himmel. Er stiehlt dem Himmel die Seele und rüttelt sie in der festgedrückten Faust …

Die Dorfleute rannten bei dieser Stelle der Erzählung zu ihren Heuhaufen, um sie zu bedecken und vor dem Wind zu schützen und zu ihrem Vieh, um es im Stall einzusperren, damit es in seinem Würgegriff nicht erstickt, und sahen dann … den mittleren Sohn des Königs auf seinem Feuerpferd in der Tür stehen.

Kaum aus dem Bett und ohne Frühstück rannten die Kinder zu Warso, um die Fortsetzung zu hören.

»Der Königssohn striegelt das Pferd«, sagte Warso, ohne vom Rauchen abzulassen.

»So lange?«, wunderten sich die Kinder. »Er striegelt es ja schon seit Tagen!«

»Ihr seid diejenigen, die es eilig haben«, erwiderte Warso, »der Sohn eines Königs hat keine Eile, er hat Zeit.«

Und so gingen die Kinder weg, um am nächsten Tag wiederzukommen und nach der Fortsetzung zu betteln. Es war nur ein Märchen, aber ein sehr langes und Warso erzählte es ein ganzes Leben. Als sie ins Dorf gekommen war, war sie eine Frau um die Fünfzig. Gestorben ist sie mit Hundert oder knapp darüber. Und sie deklinierte immer noch dasselbe Märchen durch. Sie setzte es sogar als Waffe ein, schickte eines der Kinder zum Wasserholen.

»Hol mir zuerst Wasser, dann erzähle ich weiter.«

Oder:

»Solange mein Gras nicht gemäht ist, bleibt der Königssohn im Moor stecken.«

Die Kinder kapierten auch mit ihrem jungen Verstand – wenn Warso, nach allem, was sie durchstehen musste, das Geschichtenerzählen nicht vergessen hatte –, dass sie keine Wahl hatten, und sie gehorchten ohne Widerrede. Warso spornte das noch mehr an.

»Der Königssohn bleibt stehen, vor ihm liegen drei Wege. Der eine führt nach rechts, der andere nach links und der dritte geradeaus. Er nimmt den dritten Weg und über kurz oder lang bleibt er in einem Moor stecken.«

Und sie nickte an dieser Stelle ein.

»Und?«, gaben die Kinder ihr einen Stoß, »und weiter?«

»Was soll denn weiter passiert sein? Der Herrscher des Moores bereitete ihm einen königlichen Empfang und der Prinz legte sich im Garten Eden zum Schlafen hin. Geht nach Hause! Er ist müde und wird bestimmt bis morgen schlafen. Bringt mir Käse mit, sonst wird der Herrscher über die Moore sein Essen vergiften und dieser prächtige Bursche wird euretwegen draufgehen.«

»Auch Wein können wir mitbringen, um das Ungeheuer bewusstlos zu machen.«

»Wenn das Ungeheuer bewusstlos wird, kann das Märchen nicht weitergehen. Käse reicht.«

Am nächsten Tag kamen die Kinder zurück und es stellte sich heraus, dass der Königssohn früher aufgestanden ist, es sich anders überlegt hat und nun nach rechts geht.

»Er geht und geht des Weges und bleibt in einem Moor stecken.«

»Überall, wo er hingeht, wartet ein Moor auf ihn«, empörten sich die Kinder.

»Ja«, seufzte Warso, »egal, wo du hingehst, nach links oder nach rechts, egal wo du hinspringst, hinauf oder hinunter, egal wo du dich hindrehst, das Leben ist ein Moor, es verschlingt dich und verdaut langsam deine Knochen.«

Dennoch gab es einen Unterschied. Am Ende des rechten Weges verschlang den Prinzen das Moorungeheuer. Fünf Minuten später saß der Königssohn wieder auf dem Pferd und wählte den linken Weg.

»Wie ist er aus dem Bauch des Ungeheuers entkommen? Herausgesprungen? Wie?«

Die Kinderaugen leuchteten vor Staunen und Bewunderung.

»Mit Gottes Hilfe.«

»Aber wie? Das Ungeheuer hat weder gehustet, noch geniest, noch gegähnt. Hat den Rachen nicht aufgemacht, nicht einmal gerülpst hat es. Wie ist er denn da herausgekommen?«

»Ach, ihr Dummköpfe«, ärgerte sich Warso über die Unnachgiebigkeit der Kinder. »Gott hat sogar Warso aus den Krallen der Türken befreit, was soll ihn schon daran hindern, einem Ungeheuer den Bauch zu zerreißen und den Prinzen da rauszuholen. Und das Feuerschwert, das der Königssohn schwingt, dürft ihr auch nicht vergessen.«

Im Allgemeinen gab es drei Wege, über die etwas Neues ins Dorf eindringen konnte, so wie die Wege, die sich dem Königssohn im Märchen eröffneten: Wenn ein Kind auf die Welt kam, wenn Haruth in die Welt hinabstieg und im Dorf anschließend davon erzählte – und Warsos Geschichten.

Die Flüchtlinge brachten Nachschun alles, was sie in die Hände bekamen: Fleisch, Obst, Gatha. Sie ließen es in ihren Schoß gleiten und flehten sie an:

»Iss das. Wenn das Kind kommt, gib ihm den Namen meines Sohnes, Gott Allmächtiger!«, schluchzten sie beim Anblick ihres Bauchs. »Unser Schmerz ist nicht in Worte zu fassen. Bitte, Gott, mach, dass er aus meinem Gedächtnis verschwindet und aus deinem und aus dem Gedächtnis der Welt. So ein Schmerz sollte nicht weiterleben dürfen, auch nicht als Erinnerung.«

Den Massakern konnten die Geflüchteten ihre Angehörigen bloß als Andenken entreißen und verkehrten mit ihnen nur in ihren Klageliedern oder Träumen.

Sie wollten um jeden Preis die Verstorbenen zum Leben erwecken, indem sie Anderen ihre Namen gaben, oder Gleichaltrige an ihren Geburtstagen beschenkten, oder indem sie an Allerheiligen ihren Anteil an Süßigkeiten in großen Mengen an Dorfkinder verteilten, für jeden Verstorbenen eine Handvoll. Für gewöhnlich begann es am frühen Morgen: Eine Gruppe von trauernden Frauen ging auf die Straße. An der Hüfte der Anführerin der Prozession hing ein großes Sieb, gefüllt mit Süßigkeiten. Es kam hin und wieder vor, dass in derselben Straße oder in mehreren Straßen gleichzeitig weitere Gruppen auftauchten. Die Dorfansässigen waren auf dem Weg zum

Friedhof, um an den Gräbern ihrer Liebsten Weihrauch anzuzünden und mit den Seelen der Verstorbenen in Verbindung zu treten. Die Geflüchteten hatten dieses Glück nicht. Ihre Verstorbenen hatten kein Zuhause. Und so drehten sie mehrere Runden im Dorf, bis sie alle Süßigkeiten verteilt und ihre Herzen leergeweint hatten. Die Frau, welche die Prozession anführte, durchsuchte alle Hinterhöfe und Straßenwinkel, blickte hinter jedes Haus, um jedweden Menschen, dem sie begegnete, mit Süßigkeiten zu bewerfen und kaum hörbar zu flüstern:

»Das ist der Anteil meiner Mutter … das ist für meinen Bruder … und das … für meinen Sohn.«

Die Namen der Verstorbenen wurden nicht laut ausgesprochen, um die Kinder nicht zu verschrecken, und damit keine Fehden zwischen den Toten und den Lebenden entstehen.

Anfangs empfanden es die Dorfkinder als unheimlich, den Anteil der Verstorbenen zu akzeptieren. Dann trauten es sich aber manche, in die Luft geschleuderte oder auf den Boden gestreute Süßspeisen aufzusammeln. Sie führten bange die Portion eines toten Menschen zum Mund, schluckten vorsichtig den süßen Geschmack hinunter und sprangen erneut in die Luft, um wieder etwas zu erhaschen. Am Ende des Tages war den Kindern übel von so viel Süßem. Gegen Abend waren die menschenleeren Straßen übersäht mit Zuckerhähnen, Gatha- und Halwastücken, Lutschbonbons. Sie waren fortgegangen und hatten ihren Anteil an Süßigkeiten zurückgelassen. Ihre Schicksale waren dennoch da und mussten gelebt werden. Sie mussten aufgebraucht werden, damit das Leben in Erfüllung gehen konnte. Der Verstorbenen waren es viele, der Lebenden wenige. Die Dorfleute konnten nicht alle Süßigkeiten aufessen, egal wie sehr sie sich auch anstrengten.

»Wenn es ein Junge wird, dann gib ihm den Namen meines Vaters oder meines Bruders. Sie selbst wurden von den Türken in Stücke gerissen, zumindest ihr Name soll weiterleben.«

Erans Bitten waren eindringlicher als die der Anderen, begleitet von einer besonderen Großzügigkeit. Jeden Tag kochte sie etwas Köstliches und brachte Nachschun das Essen, in großen Portionen. Es kam sogar so weit, dass sie stahl. Es verging kein Tag, an dem die Eheleute sich nicht gegenseitig in die Haare gerieten. Des Öfteren wendete Hako auf den Steinen unter der Hausmauer das in Salz eingelegte Wolfsfell hin und her:

»Wo ist der Fisch?«, fragte er mit wütender, aber zunächst beherrschter Stimme.

»Die Katze war's, das Miststück«, murmelte Eran und ging Hako aus dem Weg.

Dieser ließ von ihr nicht ab.

»Ich frage dich, wo ist der Fisch?«

»Lagert den Fisch doch so, dass die Katze ihn nicht holen kann«, mischte sich unbedingt einer der Nachbarn von der anderen Seite der Hofmauer ein, damit Hako sich zusammenreißt und nicht womöglich seine Frau schlägt. »Eine Katze, die Fisch gefressen hat, wird doch keine Schlangen jagen. Was ist dann ihr Nutzen?«

»Hier ist die Schlange«, schrie Hako und deutete auf Eran, »dieses Weib ist ein Dieb, wo ist der Fisch, frage ich?«

»Die Katze hat ihn gefressen«, weinte Eran.

»Leg deine Lumpen ab«, brüllte Hako und riss an den vielen Schichten ihrer faltigen Kleidung, »unter deinen Fetzen hast du ihn versteckt.«

»Die Katze hat ihn«, wimmerte Eran und raffte ihre Gewandhüllen fest an sich.

»Ein Mann sollte sich doch wegen so etwas nicht so aufregen«, machten sich die Nachbarn wieder bemerkbar.

»Dieses Weib ist ein Dieb«, schrie Hako durch seine eigene Erkenntnis gekränkt und zerrte weiter wutschnaubend an seiner Frau. »Zuerst das Huhn, dann die Butter, dann der Käse. Häppchenweise klaut sie mir die Bude leer. Ich hab' dir doch gesagt, leg deine Lumpen ab. Ich weiß, dass du den Fisch dort versteckst. Allerhand widerliches Zeug ist unter diesen Fetzen verborgen.«

Er zerrte weiter an ihr.

Eran jaulte machtlos auf:

»Ich kann nicht mehr, ich spring' in den Sewansee.«

Beim letzten Wortwechsel kam der Engel und stellte sich schützend hinter Eran.

An einem dicken Metalldraht aufgefädelte schleimige Fische knallten auf die Erde und der aufsteigende Staub reichte bis zu Hakos Knien.

»Da ist dein Fisch«, schrie Haruth, »lass das Weib in Ruhe.«

Hako begutachtete die großen Fische: klare Augen, offenes Maul, staub- und schleimpaniert.

»Ich sorge mich nicht wegen der Fische. Sie stiehlt, verstehst du das? Sie ist ein Dieb!«

»Menschenskind«, wisperten sich die Frauen auf der anderen Seite der Mauer zu, »nach so viel Leid hat sie wieder einen Mann gekriegt, warum klaut sie?«

Haruth fixierte Hako mit bedrohlichem Blick.

»Das sind nicht meine Fische, meine waren zweikiloschwere Forellen.«

»Schäm dich doch, sie hat wohl Hunger gehabt.«

Eran unterbrach sie schluchzend.

»Ich sage euch ja, die Katze war's. Ich bin nicht gierig.«

»Hast du das gehört?«

Haruth hob die erdigen Fische vom Boden und hängte den an den Enden zusammengebundenen Draht um Hakos Hals.

»Geh' ins Haus und sei still. Die Katze war's, verstanden?«

Die Ungerechtigkeit trieb Hako die Röte ins Gesicht. Wutschäumend lief er mit den Fischen um den Hals ins Haus, schnappte sich ein Netz und eine Waage und stürmte hinaus.

»Die Katze«, brummte er aufgebracht und suchte den Hof mit Blicken ab. »Die Katze war's also?«

Er bemerkte den unter der Tür hervorwippenden Katzenschwanz, packte ihn, hielt die junge rothaarige Katze kopfüber in die Luft. Diese fühlte sich durch die missliche Lage nicht in Verlegenheit gebracht und streckte die Tatze nach den um seinen Hals hängenden Fischen. Hako steckte das Tier ins Netz und wog es.

»Hier«, sagte er und hielt die Waage vor Haruths Gesicht, »zwei Kilo. Das ist mein Fisch! Und wo ist die Katze?«

Wutentbrannt und vor Empörung laut fluchend machte er sich davon. Dabei hob er seitlich die Arme, als würde er sich mit jemandem unterhalten, schimpfte laut, beugte sich immer wieder, um Steine aus dem Schuh zu holen, und verschmolz allmählich mit der Dämmerung.

Eran saß auf einem Stein und weinte. Das an die Mauer gebundene Kalb versuchte, Brennnessel abzugrasen. Es streckte das Maul in die Länge, das Gift der Pflanze brannte auf der Haut, das Kalb schüttelte schnaubend den Kopf. Dann streckte es erneut die Lippen danach, die Brennnessel gab nicht auf und verbrannte ihm wieder den Schlund. Das Kalb wackelte mit den Ohren, schnaufte und versuchte nun sich mit dem Maul seitlich der Pflanze anzunähern. Eran beobachtete geduldig den Kampf zwischen der Brennnessel und dem Kalb solange, bis die Straße sich leerte und die Menschen sowohl sie als auch den Fisch vergaßen und sich ihren eigenen Sorgen widmeten. Sie wischte mit der Schürze die Augen und die Nase trocken, blickte prüfend um sich herum. Ist wirklich niemand mehr in der Nähe? Sie rannte los, riss die schräg zur Erde geknickten Brennnessel in einem Büschel aus und warf sie zur Seite. Das Kalb beschnupperte die nassen erdigen Wurzeln der Nesseln und versuchte nun von dieser Stelle die Pflanze zu fressen. Eran hob mit schnellen Bewegungen die Erde aus, holte den in Papier gewickelten Fisch, steckte ihn an der Gürtellinie unter die üppigen Kleidungsschichten und eilte, die Mauer hinter sich lassend, ihrem Wunschtraum nach.

»Iss«, sagte sie zu Nachschun und legte den Fisch auf den Tisch, »iss, damit du ein gesundes Kind bekommst.«

Die Türken – nach der Geburt der Zwillinge tauften die Dorfbewohner alle Neuzuzügler so, obwohl die zugezogenen Frauen einheimische Männer geheiratet und Kinder gezeugt hatten und mit ihnen eingewanderte ledige Männer sich unverheiratete Dorffrauen genommen hatten. Der Dorfteil, in dem sie wohnten, hieß nun Türkenviertel.

Am vierzigsten Tag nach der Geburt der Töchter verteilte Nachschun Gatha mit süßer Füllung und Halwa, damit die Mädchen vom Leben nur Süßes erfuhren. Die Dorfkinder wunderten sich:

»Gatha und Halwa dieser Art verteilt man doch an Allerheiligen.«

»Sie haben bis jetzt unter Fremden gelebt«, erklärten ihnen die Mütter, »in ihrem Leben gab es keinen sonderlichen Unterschied zwischen Leben und Tod. Esst, esst ruhig. Der Magen ist nicht wählerisch.«

Nachschuns Zwillinge erwiesen sich als ausgesprochen zäh. Drei Monate lang hatten sie geröchelt, gefiebert, Nahrung verweigert und Tag und Nacht gewimmert – und sind doch nicht gestorben. Haben überlebt. Und schon wieder war es Satho zu verdanken. Verängstigt waren sie auf die Welt gekommen, konnten Licht und Dunkelheit nicht auseinanderhalten. Sie konnten weder schlafen, noch spielen, noch die Brust nehmen. Gleich am dritten Tag, als Satho begriffen hatte, dass so viel Geschrei die kleinen Herzen zum Platzen bringen würde, hatte sie es mit Kerzenwachsgießen versucht. Die Wöchnerin wusste nicht einmal etwas davon. Als Satho gekommen war, um die Neugeborenen zu waschen, hatte sie ihre Wechselwäsche stillschweigend eingesteckt und mit nach Hause genommen. Dort holte sie die Hemdchen heraus, legte sie unter ein silbernes Kreuz, sprach ein Gebet, zündete eine Kerze an und hielt ein Gefäß mit Wasser darunter. Die heißen Tropfen rieselten ins kalte Wasser und vernichteten zischend den an den Kindern haftenden Unsegen. Als sie am nächsten Tag zurückkam, um die durch das Gebet gereinigten Hemdchen den Kindern heimlich wieder anzuziehen, fand sie die Zwillinge laut brüllend vor und Nachschuns Brustwarzen von Rissen durchzogen, aufgesprungen wie überreife Granatäpfel. Da blieb ihr keine Wahl.

»Wären es bloß deine Brustwarzen, dann müsste ich nur etwas mit Honig angerührten Teig darauf schmieren, das hätte gereicht. Schuld ist aber ein böser Blick, der auf dir haftet. Ich muss Bleigießen.«

Nachschun lachte ungläubig.

»Was gibt es denn an mir zu beneiden? Habe ich so viel Glück im Leben gehabt, dass es eines eifersüchtigen Blickes würdig ist?«

»Rede nicht so einen Schwachsinn«, tadelte Satho, »andere pilgern zu sieben Heiligen, um ein Kind zu kriegen, Gott hat dir einfach so zwei geschenkt.«

»Von wegen einfach so«, dachte Nachschun erzürnt.

Sie stieg jedoch aus dem Bett und setzte sich gehorsam hin. Satho drückte die stramm gewickelten Säuglinge fest an Nachschun, als wollte sie alle drei unter dem Tontopf unterbringen, versenkte die Finger darin, rührte im kalten Wasser und verspritzte etwas von der Flüssigkeit um Nachschun herum.

»Was riechst du?«, fragte sie und befahl ihr, folgende Antwort zu sprechen: »Rosen und Veilchen.«

»Rosen und Veilchen«, wiederholte Nachschun.

»Was siehst du vor dir?«, fragte Satho und flüsterte wieder die Antwort: »Das mich beschützende Engelheer.«

»Das mich beschützende Engelheer«, wiederholte Nachschun folgsam.

»Gut, sehr gut«, sagte Satho voller Überschwang. »Die Welt verströmt Rosen- und Veilchenduft und Gott ist an unserer Seite mit seinem beschützenden Heer.«

Sie drückte das Gefäß in Nachschuns Hände und machte sich an die Arbeit. In einen Löffel aus Ton legte sie etwas Blei, holte mit einem Spieß aus dem Tonirofen ein verkohltes Stück Dung und legte es auf den Ofenrand.

»Sag jetzt kein Wort«, befahl sie Nachschun und legte den Löffel darauf.

Den Blick auf den rauchenden Dung gerichtet, wartete sie so lange – in Gedanken ein Gebet sprechend –, bis das Blei geschmolzen war. Den Löffel in der Hand, nahm sie das Gefäß, hielt es über Nachschuns Kopf und goss das flüssige Blei in den Topf hinein.

»Uui, ui, uui«, grauste es ihr beim Anblick des Resultats. Vorsichtig mit zwei Fingern nahm sie das erkaltete Blei aus dem Wasser und hielt es dicht vor ihre Augen.

»Siehst Du es?«, fragte sie so vieldeutig, als würde die sonderbare Form des Bleistücks etwas Offensichtliches verraten.

Sie wickelte einen siebenfarbigen Zwirn darüber und steckte es ein. Der Wöchnerin flößte sie einen Schluck aus dem Tongefäß ein und tropfte vorsichtig etwas Wasser über die Säuglinge.

»Fertig«, sagte sie selbstzufrieden. »Jetzt haben wir das Böse bezwungen«, versicherte sie in erster Linie sich selbst.

Das restliche Wasser trug sie hinaus und schüttete es unter eine Heckenrose.

Zurück ins Haus folgte ihr Eran, in der Hand einen Teller voll mit glänzendem Chaviz. Die in Fett geschwenkten, mit Zuckerwasser übergossenen Mehlklümpchen stellte sie neben Nachschuns Bett.

»Iss, damit du genug Milch hast.«

Die junge Frau schluckte die noch warme Speise hinunter und fragte sich, ob die Arme dafür eine Portion Prügel bekommen hatte oder ob ihr dieses Mal eine überzeugende Lügengeschichte eingefallen war. Der nächste Gedanke, den ihr Erans Anwesenheit bescherte, galt den Namen der Neugeborenen. Während ihrer ganzen Schwangerschaft bekam sie von den Anderen vom Mund abgesparte Leckerbissen als Gegenleistung dafür, dass sie die Namen ihrer Angehörigen zum Leben erwecken sollte. Als die Mädchen auf die Welt gekommen waren, wurde ihr klar, dass sie die Vornamen ihrer Mutter und ihrer Tante tragen mussten. Aber was sollten diese Namen, die seit zehn Generationen weitergegeben und von den Türken lebenein, lebenaus geschunden wurden, den Kindern bringen? Also log sie:

»Der heilige Sargis erschien mir im Traum und flüsterte mir ins Ohr die Namen unserer zwei alten Göttinnen: Astghik und Anahit.«

»Uff!«

Eran war mit der Wahl des Heiligen nicht einverstanden.

»Wären unsere alten Götter mächtig genug gewesen, dann hätte ihnen Jesus Christus ihr Volk nicht weggenommen«, raunte sie enttäuscht darüber, dass Mädchen geboren waren und dass die Namen ihres Vaters und ihres Bruders herrenlos bleiben mussten, bekreuzigte sich dann aber ängstlich, »Gott, Allmächtiger.«

»Hat denn nicht Gottes Macht über sie entschieden?«, deutete Satho auf die schnaufenden Säuglinge.

»Hast du gesehen«, schlug sich Eran von Sathos Worten befeuert auf die Knie, »was letztendlich passiert ist?«

»Was ist denn passiert?«, sah Satho sie besorgt an.

»Das Allerschlimmste! Mädchen sind's geworden, die Namen meines Vaters und meines Bruders müssen herrenlos bleiben.«

»Einen Jungen kannst du selbst in die Welt setzen«, scherzte Satho und ging hinaus.

Auf dem Nachhauseweg warf sie das mit Garn umwickelte Bleistück in den Fluss.

»Nimm alles mit«, sagte sie zum Wasser, »nimm alles Böse und den Schmerz mit. Erbarme dich ihrer.«

Beflügelt von Sathos Prophezeiung war Eran nun überzeugt, dass sie selbst den Namen ihrer Angehörigen ein Leben schenken muss, denn jeder Mensch hat einen Grund zum Leben und einen Namen zum Wiederbeleben. Und sie fand einen Weg: Ging sie jetzt aufs Feld, um Heu zu holen, kam sie schwanger zurück. Stieg sie in die Schlucht, um Wolle zu waschen, kam sie schwanger zurück. Machte sie sich in den Wald, um Kräuter zu sammeln, sie kam schwanger zurück. Vier Kinder brachte sie zur Welt, allesamt Jungen, alle hießen Garnik. Jedoch starben sie alle am dritten oder vierten Tag nach der Geburt. Den letzten, den sie vom Pflücken wilder Minze auf der Alm mitgebracht hatte, drückte sie an die Brust von Wasgens Frau, die auch vor ein paar Tagen niedergekommen war, und sagte zu ihr:

»Das viele Grauen hat mein Blut verändert. Es hat seine Farbe und Zusammensetzung verloren, ist zu Wasser geworden, daher überleben meine Kinder nicht. Lass es an deiner Brust liegen, von deiner Milch trinken.«

Und das Kind lebte. Es war zwar stumm und an seinem Hals baumelte bis ans Ende seiner Tage an einem siebenfarbigen Zwirn ein in einer Kirche geweihter Schlüssel - zum Öffnen der versiegelten Zunge. Viele Jahre lang nahm Haruth den silbernen Schlüssel bei seinen Fahrten in die Welt mit und ließ ihn in unterschiedlichen Kirchen weihen und drüber beten. Keine Kirche in ganz Armenien hatte er ausgelassen. Bei der dritten oder vierten Runde war er schon angelangt. Zweimal am Tag – bei Sonnenaufgang und Sonnenuntergang – drehte jemand den Schlüssel vor dem Mund des Stummen, wie in einem Hängeschloss. Der Schlüssel war schon an einer Stelle verbogen, an einer anderen war er dünner geworden, aber nichts ließ sich öffnen, seine Zunge blieb fest verschlossen.

»Der Name ist schuld«, schlussfolgerten die Menschen und genau hundert Jahre lang hat man in diesem Dorf kein Kind mehr so getauft, denn es braucht genau ein Jahrhundert, damit ein Name von der Zeit reingewaschen werden kann.

Eran hätte von ihrem Ziel nicht abgelassen und hätte noch weitere Kinder in die Welt gesetzt. Aber ein Bär hatte ihren Mann übel zugerichtet und zum Krüppel gemacht. Als Haruth vom Berg hinunterstieg, mit dem nahezu bewusstlosen Hako über der Schulter, rannte zusammen mit den Dorfleuten auch seine Frau ihm entgegen und beklagte unter Tränen, dass nun eines nicht mehr möglich war - dem von den Gerüchten gereizten, vor Wut und Eifersucht gebeutelten Ehemann glaubhaft zu machen, dass, wenn sie ein Kind bekommt, es von ihm sei. Hako war gerührt wegen Erans über ihn ergossenen Tränenschwalls und riss sich sogar in seinem halbtoten Zustand zu einem Scherz zusammen.

»Weine nicht, Eran, Liebste, der Bär hat deinen Anteil nicht angefasst, er ist unversehrt.«

Nachdem jedoch Satho sich einen Monat lang vergeblich geplagt hatte – unterhalb von den Achselhöhlen spürte Hako nichts – wurde er kleinlaut. Mehrmals am Tag rief er:

»Eran, Eran, weißt du, wie sehr ich dich gern hab!«

Eran lauschte angestrengt, in der Hoffnung, dass der zweite Teil des Satzes anders lauten würde, aber sobald sie »wie sehr ich dich gern hab« hörte, schlug sie sich verzweifelt auf die Knie.

»Mein Gott, er hat schon wieder in die Hose gemacht.«

Sie wechselte seine Kleidung, schaute ihre Hände an, die vom häufigen Wäschewaschen rot und rissig und vom schweren, ihre Kräfte übersteigenden Heben angeschwollen waren, und verfluchte ihr Schicksal.

»Den Türken konnte ich wie durch ein Wunder entkommen, lieber Gott – sei Dir gedankt – aber wie soll ich diese Prüfung bestehen? Zum Hinschmeißen und Davonlaufen zu viel, zum Festhalten und Bleiben zu wenig. Was soll ich nun tun?«

– Haruth spannte dieser Tage die Ochsen vor den Karren und fuhr nach Eriwan, um das von den Bäumen abgeschabte Weihrauchharz, den gesalzenen Fisch, das getrocknete Fell dreier Schafe und den ebenso getrockneten Fuchspelz – die Augen und Pfoten noch daran – gegen Zucker und Kattun einzutauschen. Gleich nach seiner Rückkehr eilte er zu Satho, um sich der Richtigkeit dessen zu vergewissern, was ihm zu Ohren gekommen war.

Satho hatte gerade das Brot fertig gebacken, den noch warmen Laib in Stücke gerissen und in Butterschmalz versenkt und aß die im gelben Fett schwimmenden Brotbrocken. Die warmen Brotstücke hatten das Fett zum Schmelzen gebracht und aufgesogen und waren angeschwollen, wie Hagel verheißende Wolken. Sie bot auch Haruth etwas vom Schmalzbrot an. Er aß es genussvoll, das warme Fett rann in Bächern zwischen seinen Fingern. Dann fragte er:

»Stimmt es, dass man dich verprügelt hat?«

»Ja, die Frauen ... Sie sagen, ich soll sie nicht mehr pflegen sondern sterben lassen. Schon seit Tagen bringen sie ihnen weder Milch, noch Brot noch Wasser. Sterben sollen sie, meinen sie. Wozu sollen sie Türken füttern und großwerden lassen?«

»Und du?«

»Was soll mit mir sein? Ich bin ich und habe mit den anderen nichts am Hut.«

»Dann hilf ihnen, stell diese Kinder auf die Beine.«

»Und was ist, wenn sie Recht haben? Was ist, wenn wir falsch liegen und einen Fehler begehen, indem wir die Säuglinge bemitleiden und sie liebhaben? Als Kleinkinder erregen sie noch unser Mitgefühl. Als Erwachsene werden sie uns – zu Türken geworden – in Stücke reißen.«

»Stimmt«, donnerte es aus Haruth, »ich liege immer falsch, wenn es um Kinder, Feinde, Freunde, Leben oder Tod geht. In einer Sache liege ich allerdings immer richtig: Wenn es um Gott geht. Und das genügt mir für mein Leben. Daher, Satho, wehe es widerfährt etwas den Kindern! Das Rosshaarseil ist zum Einsatz bereit.«

Danach zog Haruth jeden Tag demonstrativ aus dem Schweif seines Pferdes ein Haar, setzte sich am Ende der Woche vor sein Haus und flocht aus den Haaren ein Seil. Das band er sich um die Hüften und ging mit einem dicken Bündel Brot vor Nachschuns Haustür, legte das Brot dort ab und zog sich zurück. Der kleine Haruth kam zu ihm angelaufen, in der Luft ein aus dem Pferdeschweif herausgerissenes Haar schwingend, ihn anflehend, er möge ihm das Seilflechten beizubringen.

»Du bist noch zu jung«, antwortete Haruth.

»Was ist denn am Seilflechten so schwierig, dass ich dafür zuerst erwachsen werden muss?«

»Der schwierige Teil liegt nicht darin, ein Seil zu flechten, sondern darin, es nicht zu benutzen.«

Von der erhaltenen Abfuhr entmutigt, lief der kleine Haruth zum Märchenlauschen.

»Warso, sag ehrlich, wessen Pferd ist stärker, das von Haruth oder vom Königssohn?«

»Der Königsohn soll es mir verzeihen«, ließ es Warso mit Überzeugung plätschern, »aber sein Pferd muss noch viel Zaubergras fressen, damit es mit Haruths Gaul mithalten kann. Weder so einen Haruth noch so ein Zorniges Pferd hat die Welt je gesehen.«

Lange noch ignorierte Haruth das Gemunkel, die zweideutigen Anspielungen und das stille Gebrabbel und brachte der Mutter und den Säuglingen Brot. In dieser ganzen Zeit hatte er nur einmal mit Nachschun gesprochen, als er den Beutel schon vor der Tür, auf dem salzigen Leckstein, abgelegt hatte und vorsichtig mit der Faust an die Fensterscheibe klopfte – als Zeichen, dass sie das Brot nun abholen kann. In dem Moment kam Nachschun eilig heraus, um zu Satho zu laufen und für die Säuglinge eine abführende Mixtur zu holen.

Haruth sah sie mit prüfendem Blick an:
»Geht es dir gut?«
»Ich komme hier nicht klar«, beklagte sie sich mit gesenktem Blick.

Der Kummer trieb ihr Tränen in die Augen. Sie verschwieg ihm aber, dass an diesem Ort ihr alles den Tod verhieß. Bedrücktheit und Wahnbilder verfolgten sie. Alles flößte ihr Angst ein: der Halbmond, der den Bauch des Himmels aufschlitzt und davongleitet; die Wolken, aus denen Dunkelheit tropft; die Finsternis, die ihre Finger in die Augäpfel des Himmels steckt und die Sterne einen nach dem anderen zum Erblinden bringt; das Heulen des Windes, in dem menschliche Schreie in Stücke geschnitten werden; der Todeskampf des über dem See brausenden Windes, wenn er aus nicht vorhandenen Lungen kalte Traurigkeit zum Ufer bläst und den kühlen Sand mit Gänsehaut überzieht ... Je nachdem, ob der Wind vom Wasser oder von den Bergen kommt, unterscheidet sich sein Atem. Aber in beiden Fällen bringt er nur eins: Klagen und Wehgeschrei. Und die Sonne, jene Goldmünze, die im allergrausamsten Augenblick ihr Schicksal bedeutet hätte, aber nicht zuließ, dass es sich erfüllte. Und nachts: Der Wind saust zum Himmel, stößt mit dem Rücken gegen eine unsichtbare Decke, zerbirst am Hausdach und bringt es zum Beben. Es ist der Wind, sie wusste es, aber aus irgendeinem Grund dachte sie, dass genau so die aus der Wüste preschenden türkischen Reiter die Erde durch ihr rüdes Gebaren zum Beben bringen, wie sie es an jenem Tag taten –

Die Wüste schwankte unter den Füßen des Herrn Sargis und es schien so, als würde er im nächsten Augenblick mit dem Gesicht zu Boden fallen und vom Sand verschlungen werden.

Dieser brachte zwar die Knochen zum Schmelzen, vermochte es jedoch nicht, ihn an der Fortbewegung zu hindern. Er wankte, den Blick zu den Reitern gewandt. Irgendwie schaffte er es, den rieselnden Sand unter den Füßen zu zügeln. Er erreichte sie schließlich und streckte ihnen die Goldmünze entgegen, seinen Wunsch kundtuend. Einer der Reiter nahm die Münze entgegen, wendete sie prüfend hin und her, machte eine zufriedene Kopfbewegung und antwortete »Ja.«

Sogar in dieser tödlichen Minute flößte Herrn Sargis' Tat der Prozession von Vertriebenen Respekt ein. Seine älteste Tochter war davon überzeugt, dass das Erkaufen von Tod die Erfindung ihres Vaters gewesen war. Sie verbreitete sich wie eine Seuche und wurde nunmehr von allen angewandt – als letzter Ausweg aus einer ausweglosen Situation. Herr Sargis hatte das Geschäft mit den Schurken besiegelt wie ein Mann, ohne Flehen, ohne Tränen. Zuerst die Goldmünze, dann das aus der Menge hinauslaufende Mädchen, dann der Schuss. Die Goldmünze … der Schuss … Die Goldmünze … der Schuss. Er vergewisserte sich, dass seine Kinder alle tot waren, fern von Schmerz und Würdelosigkeit. Den Plan hatte er wahrscheinlich schon lange, vermutlich von Anfang an. Ob er wohl darüber nachgedacht hatte? Vielleicht hatte er das sogar berücksichtigt: Wird eher die Mutter den Tod der Kinder verkraften oder umgekehrt? Auf jeden Fall ist er so vorgegangen, wie beim Verteilen von Süßigkeiten. Zuerst sind die Kleinen dran. Die Kleinen müssen unschuldig bleiben, das Leben darf in ihren Augen nicht derartig in Misskredit geraten, sie sollen unwissend sterben. Und so kam als erster sein Jüngster dran, sein eineinhalbjähriger Sohn, dem sie ein Mädchenkleidchen angezogen hatten. Sargis näherte sich dem Pferd, stellte sich neben dessen Beine, reichte über die Schulter das Goldstück, ohne den Reiter anzusehen, und rief zärtlich nach dem Sohn. Der Kleine, der die Stimme des Vaters gehört hatte, lief nach vorne ... Schuss. Herr Sargis presste die Hände gegen die Ohren und sank auf den Knien zu Boden. Der Kleine plumpste so unmerkbar hin, dass die Erde nicht einmal erzitterte. Nur der Sand wirbelte um den fallenden Körper auf und spritzte gegen die Beine seiner noch lebenden Geschwister. Die älteste Schwester blickte hinunter – zu den Füßen und zu dem sie verbrennenden Sand. Hatte eine von ihnen aufgeschrien oder geweint? So weit sie sich erinnern konnte, nein. Nach den ersten Vieren fiel die Mutter der Familie bewusstlos um ... zu den Füßen der ältesten Tochter. Der Schießende bewies Menschlichkeit und feuerte. Ein einziges Mal hatte er geschossen und erst danach die Goldmünze erhalten.

Wenn man danach urteilte, dass Herr Sargis und der Türke miteinander ohne Beschimpfungen sprachen, kannten sie sich vermutlich, und der Türke brachte ihm gegenüber noch den gebotenen Respekt entgegen: Nicht nur gestattete er, dass die bereits Gestorbenen begraben werden, sondern stimmte auch zu, dass die letzten Zwei erst dann umgebracht werden, wenn sie die Anderen begraben haben. Als dieser Bekannte sich ihnen näherte, sprach er den schmerzverzerrten und zusammengesunkenen Mann so an, wie es alle taten: Herr Sargis. Vermutlich war er der Anführer der Bande. Die älteste Tochter war sich nun dessen sicher, dass sie richtig gelegen hatte. Sie kannten den Vater. Selbstverständlich half ihnen der Bekannte nicht, jedoch bewies er genug Menschlichkeit, um wegzuschauen.

Die letzten Zwei waren Sargis und seine älteste Tochter. Sie fingen an, die Angehörigen zu begraben. Der Sand war weich, widersetzte sich nicht so wie die Erde, gab leicht nach, obwohl er auf der Haut brannte und sehr instabil war – augenblicklich rieselte er zurück in die Grube und machte sie voll. Als die Mutter an der Reihe war und Sargis und seine Tochter sie auf den Rücken drehten, stöhnte sie auf. Sie war nicht tot. Die Tochter rief nach ihr. Es kam keine Antwort, nicht einmal ein leises Wimmern. Ob sie alle Schüsse gehört hatte? Bestimmt hatte sie gespürt, wie ihre zu Boden fallenden Kinder die Erde zum Erschüttern gebracht hatten. Sand ist nicht fest, es liegt Luft zwischen den Körnchen. Und Luft kann Schwingungen übertragen. Die Tochter wunderte sich über die Sturheit der Mutter. Was hielt sie noch nach dem Tod der Kinder am Leben, dass sie sich so fest daran klammerte und nicht starb?

Als Herr Sargis mit zitternden Fingern die Kugel aus der Brust seiner noch lebenden Frau zog, damit das Blut ungehindert seinen Weg bannen kann und den Körper schnell verlässt – sonst würden sie es nicht mehr schaffen, sie zu begraben, bevor die Kolonne weiterzieht – strömte aus der schneeweißen Brust der Mutter schwarzes Blut.

Einer der Türken scherzte grinsend:

»Der Alte sammelt seine Goldmünzen.«

Peitschenhiebe trieben sie an.

»Schneller, beeilt euch … grabt nicht so tief … wir werden nicht euretwegen stehenbleiben … «

Die Frau starb jedoch nicht, auch wenn das Blut den Körper schon verlassen hatte. Und so blieb Herrn Sargis keine Wahl. Er musste noch eine Goldmünze hergeben. Der Tod der Mutter hat zwei Goldmünzen gekostet. Die Tochter erschauderte von den Blicken der Schurken und überlegte kurz, die Münze dem Vater aus der Hand zu reißen. Das war doch ihr Anteil Tod! Der Türke hatte aber schon das Goldstück geschnappt und biss daran, um sicherzustellen, dass die Münze echt war.

Die Tochter trug das der Mutter ihr Leben lang nach: Warum hat sie ihr die ihr zustehende Kugel weggenommen? Nichts hatte die Mutter je zurückgehalten. Alles hatte sie der Tochter zusammen mit dem Leben geschenkt: gute Gesundheit, scharfen Verstand, ihre Schönheit. Nur beim Sterben war sie plötzlich geizig geworden und hatte sie um die letzte Kugel und den ihr zustehenden Tod bestohlen.

Weiterreitend wunderten sich die Türken darüber, wie der alte drei Handvoll Gold in seinen Klamotten verstecken konnte. Es hat für alle gereicht, nur zwei Goldmünzen haben gefehlt – für ihn und seine älteste Tochter.

»Hol' sie raus!«, schrie die nächste Türkenbande wütend, drückten Sargis mit Pferdehufen in die Erde und zerrten an seiner Tochter, »hol' raus, dein Gold!«

Meister Sargis hatte die Scham abgelegt, weinte und rieb das Gesicht in den heißen Sand.

»Seht doch her, ich bin nackt, ich habe nichts dabei!«

»Hol' raus«, brüllten sie, »du bist Armenier. Armenier haben immer Gold bei sich, du versteckst es irgendwo. Es gibt viele Stellen am menschlichen Körper, wo man ein Goldstück verstecken kann. Sieh' noch mal nach. Auch ein nackter Armenier trägt mindestens drei Handvoll Gold mit sich«, und schlugen auf ihn ein.

– Es war Nachschun nicht möglich, sich vorzustellen, was ihr Gesichtsausdruck bei den Worten »Ich komme nicht klar« ausgesagt hatte, dass Haruth ihr riet:

»Vergiss es. Vergiss das alles. Quäl' dich nicht. Denke an deine Kinder. Du verlierst vor Schmerz deine Milch.«

»Auch der Schmerz kann sterblich oder unsterblich sein. Der mir zuteil gewordene Schmerz ist unsterblich, verstehst du – unsterblich!«

Die Erinnerungen glommen in ihr wie nasses Holz und verursachten Brandwunden im Kopf. Sie schluckte die in den Mund rinnenden Tränen hinunter. Sie waren leicht salzig, wie Blut.

»Ich will sterben, ich verkrafte es nicht mehr. Ich möchte sterben.«

Nachschun wäre ihm gerne schluchzend in die Arme gefallen, hielt sich aber zurück.

»Es ist nicht wichtig, was wir wollen«, versuchte Haruth trostspendende Worte zu finden. »Wir sind bloß Boten, so wie eine Brieftaube. Du musst etwas zum Überbringen haben, um geboren zu werden, und etwas zum Davontragen, um zu sterben. Und du hast noch nicht einmal gelebt. Wenn Gott beschlossen hat, dich am Leben zu erhalten – «

Haruth konnte die Erregtheit in der Stimme nicht unterdrücken, als wollte er den Allmächtigen nicht in Schutz nehmen, da er im tiefsten Inneren wusste, dass Nachschun schon zu Lebzeiten der schwerste aller Tode zuteilgeworden war. Er betrachtete die Tränen, die das Gesicht der Frau überströmten und erinnerte sich an jenen verholzten, leeren Blick, dem er am ersten Tag ihrer Ankunft am See begegnet war, und freute sich.

»Das Leben ist in ihr zurückgekehrt«, dachte er, »sie kann bereits ihren Schmerz den Tränen und ihre Tränen der Welt anvertrauen.«

Das Knie schmerzte sehr, fast unerträglich. Vor allem nachts. In der nächtlichen Ruhe stieg der Schmerz in ihm quälend hoch wie das Mondheulen eines Hundes und legte sich auf seine Brust. Schlaflos saß er unter dem Birnenbaum und blickte in die Welt: nach vorne, wo Pertschs einstiges Haus lag, in dem jetzt die Flüchtlinge wohnten. Manchmal kam auch der von der Schlaflosigkeit geplagte Ones heraus und fragte ihn hämisch:

»Na, wieso schläfst du nicht?«

»Mein Bein … es tötet mich. Nicht umsonst sagt man: dort, wo es schmerzt, liegt deine Seele.«

»Und ich leide an Hämorrhoiden. Wo ist dann meine Seele?«, fragte Ones lachend.

Es war in einer solchen Nacht – es waren jedoch weder Ones, noch der heulende Hund, noch der krächzende Bussard zu hören – in der sich plötzlich Nachschuns Haustür öffnete und sie herauskam. Haruth ärgerte sich innerlich.

»Die Zeit des Wochenbetts ist noch nicht vorbei, warum geht sie hinaus? Die Mondstrahlen werden sie durchbohren.«

Dann dämmerte es ihm, dass nachts, zu dieser späten Stunde, jeder Mensch im Bett liegen sollte und es eigentlich nichts gab, was Nachschun in dieser großen Welt zu suchen hatte. Zweifel schlichen sich in sein Herz und er begab sich, das schmerzende Bein nachschleifend, ihr hinterher. Nachschun kannte das Dorf. Sie bewegte sich vorsichtig durch jene Straßen und Höfe, wo es keine Hunde gab. Von Zeit zu Zeit blieb sie stehen, die Hand auf der Brust, um den Atem zu beruhigen, manchmal schaute sie spähend zurück. Sie ließ das Dorf hinter sich.

»Sie hat wohl Sehnsucht nach dieser Kanaille«, dachte Haruth wütend und tastete sich an der Seite ab.

Das Messer hatte er dabei. Er würde ihn umbringen. Bestimmt würde er das.

So wie ein Kind mit der flachen Hand gegen den Mund schlägt, um »Aa, aaa, aaa« ertönen zu lassen, so trug der Wind Sargis' Geheul an seine Ohren und stahl es wieder davon. Plötzlich realisierte er, dass die heulenden Rufe von einer anderen Seite kamen, vom anderen Ende des Dorfs. Er freute sich. Nachschun schlug den Weg in Richtung Berge ein.

»Will sie sich in den Abgrund stürzen? Wenn sie es bis jetzt nicht gemacht hat, nach all den Massakern, die sie durchstehen musste, warum sollte sie es ausgerechnet jetzt tun?«, dachte Haruth, um sich selbst zu beruhigen.

Etwas abseits von den Weizenfeldern blieb Nachschun stehen, blickte nochmal zurück, prüfend, dass sie wirklich alleine war. Dann, an einen Steinblock gestützt, die Hand an der Brust, holte sie tief Luft und nachdem der Herzschlag sich beruhigt hatte, löste sie das Kopftuch und band es unter dem Kinn fest, so wie man ein gebrochenes Kinn fixiert, damit sich nichts mehr bewegt. Sie kniete nieder und fing an zu graben. Sie buddelte lange, mit schnellen Bewegungen und blickte dabei zum Mond. Wegen des Staubs, der Mund und Nase füllte, nieste sie ein paar Mal und sah sich erschrocken um. Die Grube war fertig, sie begutachtete das Erdloch von allen Seiten, dann – wohl mit etwas unzufrieden – machte sie es links etwas breiter, sprang hinein und legte sich hin. Die Arme auf der Brust gekreuzt, schloss sie die Augen und blieb eine Zeitlang so liegen.

»Ist sie tot?«, dachte Haruth angsterfüllt.

In dem Moment, wo er dies dachte, setzte sie sich aufrecht auf, schob sich etwas Erde über die Beine und legte sich noch einmal hin. Nun streckte sie die gekreuzten Arme aus und sprach laut das »Vater unser«. Sie stieg aus der Grube. Mit Händen und Füßen schüttete sie das Loch wieder zu. Die Erde formte sie zu einem Hügel, wie bei einem Grab. Noch einmal ging sie um die Grube herum – vermutlich wollte sie bestimmen, wo die Kopf- und wo die Fußseite war. Nachdem sie das entschieden hatte, holte sie aus der Tasche ein kleines Holzkreuz und steckte es im oberen Teil des Grabhügels in die Erde. »Meine Mutter, Nunik« standen darauf die mit Holzkohle eingebrannten Buchstaben. Sie holte unter der weiten Kleidung ein Zündholz hervor und legte es vor dem Kreuz auf den Hügel. Es mit einer Hand vor dem Wind schützend, zündete sie es mit der anderen an. Nachdem die Flamme erloschen war, streute sie in die glühende Asche etwas Weihrauch, Prise für Prise.

»Das ist von mir … das von meiner Schwester … von meinem Bruder … von meinem Vater … «

Sie schüttelte das Papierstück, in dem der Weihrauch eingewickelt war, und verbrannte es, holte tief Luft und weinte lautstark.

» … von Tante Anusch, der Schwägerin Wardik, Aghas, Onkel Waghinak … «, sprach sie durch die Tränen jene Namen, für die sie nicht genug Weihrauch mithatte, um ihn an ihrer Stelle in die Glut zu streuen.

Sie weinte mit dem Kopf zwischen den Händen eine halbe Stunde lang. Dann stand sie ruckartig auf. Schniefend wischte sie sich mit dem Kopftuchzipfel über die Augen und kehrte zurück ins Dorf.

In den nächsten zwei Tagen hatten sich Haruths Schmerzen beruhigt. Er hatte Bärenfett aufgetrieben und das half. Am vierten Tag war die Salbe aufgebraucht. Nun saß er wieder stöhnend vor dem Haus, das Bein hochgelagert auf dem Stumpf eines vom Blitz getroffenen Baums. Und erneut: Nachschuns Haustür ging auf und sie kam heraus. Wenn er die nächsten Male wieder sah, dass Nachschun nachts unterwegs war und sein Bein allzu sehr schmerzte, folgte er ihr nicht mehr. Er wusste schon, wohin sie ging. Mitleiderfüllt dachte er nur:

»So jung ist sie und muss sich jeden Tag begraben. Wie unmenschlich, sich auf diese Weise tagaus tagein dem Tod zu stellen.«

Die Zwillinge waren drei Jahre alt, als eines Tages ein Gewitter aufzog – zunächst unscheinbar, mit einem kurzen Schauer – das sich schlagartig wie ein angespannter Nervenstrang auf dem Antlitz des Himmels entlud, auf das Türkenviertel niederzischte und abzog. Die Dorfbewohner hatten das Grollen gehört, aber auch gesehen, wie über Nachschuns Hausdach eine Staubwolke wirbelte. Nachschun lief hinaus, um die Kinder hineinzuholen. Sie sah, dass Anahit noch ihre Sauermilch aß. Sie hatte den Löffel im Gras verloren und hielt eine Schlange am Hals fest, tunkte ihren Kopf in die Schüssel und schleckte die Dickmilch vom Kopf des Kriechtiers ab, wieder und wieder. Als würde die Schlange wissen, dass sie es mit einem unschuldigen Kind zu tun hat – den Atem angehalten und ohne ein Lebenszeichen –, ließ sie es über sich duldsam ergehen. Auf den Aufschrei von Nachschun sprang die Nachbarin Nektar heraus, die vom Tan verschmierten Hände am Bauch abtrocknend, und blickte furchtsam zu dem im Gras sitzenden Kind, welches genüsslich – als hätte es einen Zuckerhahn in der Hand – vom kühlen Kopf des Kriechtiers die Dickmilch abschleckte.

»Türkenblut«, dachte sie, während sie eine Gänsehaut überlief, »sogar eine Schlange hält verschüchtert inne«.

Doch versuchte sie dann, Nachschun mit Trost aufzurichten:

»Hab' keine Angst, eine Schlange ist ein weises Tier. Sie wird einem Kind nichts nachtragen.«

Nachschun hob das Kind hoch, nahm ihr das weißverschmierte Tier aus der Hand und warf es zur Seite.

»Es ist nicht die Schlange, dir mir Sorgen macht. Wo ist Astghik? Astghik war auch dabei, sie waren zu zweit hier. Wo ist sie?«

Das Kind an die Brust gedrückt, lief sie verängstigt und verstört herum.

»Ob sie wohl ihre Kinder lieb hat?«, fragte sich die Nachbarin und lief ins Haus, um den am Tonir-Ofen eingeschlafenen, die ganze Nacht am Feld tätig gewesenen Ehemann zu wecken.

»Schnell Waghinak«, herrschte sie den aus dem Schlaf Aufgestörten an, »lauf zu Haruth, der Wind hat einen von den Zwillingen davongetragen.«

Waghinak – einen Hausschuh hatte er an, in den zweiten schlüpfte er eilig beim Hinauslaufen – preschte gerade in seinem schlaftrunkenen Zustand in Gedanken auf dem Zornigen Pferd durch Berg und Tal. Er lief zu Haruth, um das Ross auszuborgen, welches … – Jene, die sich an sie erinnern, lachen immer noch über diese Geschichte: In einer stürmischen Winternacht verließ Haruth zu Fuß das Dorf und kam zu Pferd zurück. Als er ging, hatte er Satho an Händen und Füßen gepackt, in einen gegerbten Ledersack gesteckt und war davon. In der Morgendämmerung kam er zurück, auf dem Pferd, aber allein. Er hatte Satho dagegen eingetauscht.

»Und wer soll nun unsere Kranken behandeln, sollen sie krepieren?«, beschwerten sich die Dorfleute.

»Keine Sorge. Ich habe sie nur für eine Woche hergegeben. In einem der Taldörfer lag ein Kind mit Mumps im Sterben, da habe ich mich seiner erbarmt.«

»So was!«, pfiff damals Sahak vor Bewunderung für das Pferd, »ist denn unsere Satho so viel wert?«

Haruth lachte und verschwieg, dass er noch zwei Ziegen schuldig geblieben war.

Als Waghinak nun den Haushof betrat, sattelte Haruth gerade das Pferd.

»Bruder«, prustete er los und versuchte, den Atem zu beruhigen, »schnell, gib mir das Pferd.«

»Was ist denn passiert?«

Waghinaks Aufgeregtheit und der geäußerte Wunsch amüsierten Haruth.

»Ich sag's dir gleich, Kumpel. Vom Norden her kommt ein Wirbelwind, er kreist über dem Berg und stürzt ins Tal … «

»Waghinak, komm zur Sache, was ist passiert?«, fragte Haruth erneut.

»Ich sag's ja, ein Wirbelwind kommt, vom Norden her, kreist über dem Berg und stürzt ins Tal … Gäbe es Vieh auf seinem Weg, hätte er es bestimmt erwürgt. Als Staubwolke steigt er vom Tal auf, dreht sein schielendes Auge und blickt auf unser Dorf … «

»Komm endlich zum Punkt«, wurde Haruth ungeduldig.

Waghinak schluckte ängstlich, betrachtete die glänzende Pferdemähne und, um seine Glaubhaftigkeit zu untermauern, fing vom Neuen an.

»Mein Lieber, es war genauso, wie ich's dir erzähle: Vom Norden her kommt ein Wirbelwind, kreist über dem Berg und stürzt ins Tal. Als Staubwolke steigt er vom Tal auf und – ich kann dir nicht genau sagen, ob mit dem schielenden oder mit dem anderen Auge – blickt auf unser Dorf. Aus seinem Bauch würgt er Stock und Stein hoch und schmettert alles über das Dorfinnere.

Dann bahnt er sich den Weg frei und saugt alles – auch das Dorfinnere – wieder ein.«

Haruth drehte ihm verärgert den Rücken. Ohne ihm weiter zuzuhören, befestigte er den Sattel und überprüfte, ob die Bindung unter dem Rumpf straff genug war.

»Eines von Nachschuns Zwillingsmädchen ist verschwunden«, fügte Waghinak, gekränkt von Haruths Missachtung, an und ließ den Wirbelwind endlich in Ruhe.

»Wie, ist verschwunden? Welches von den Beiden?«, rief Haruth besorgt aus.

»Die Kleine, die heimlich Vogelnester plündert. Der Wirbelwind hat sie geholt. Direkt vor ihrer Haustür, wo sie neben ihrer Schwester gesessen hat. Sag ich ja. Gib mir das Pferd, ich reite ins Tal und suche dort nach ihr und du, ruf die Dorfleute zusammen und sprich ein ernstes Wort zu ihnen. Ermahne sie, nicht, dass sie ihr den Garaus machen.«

Haruth blickte entsetzt zu ihm.

»Warum sollten sie einen unschuldigen Menschen umbringen, noch dazu ein Kind?«, fragte er, ohne sich umzudrehen und die Hände vom Pferd abzulassen, als wollte er es vermeiden, sich von der Angst und dem Misstrauen in Waghinaks Augen anstecken zu lassen.

»Woher soll ich es wissen?«, stotterte er wie ein Wissender, der Angst hat, jemanden zu verraten, »schließlich haben wir es hier mit Türken und nicht mit Kindern zu tun.«

Haruth erstarrte für einen Augenblick. Dann griff er Waghinak am Kragen, hob ihn in die Luft und brüllte ihm ins Gesicht:

»Das sind Nachschuns Kinder, und Nachschun ist eine Armenierin, sie ist eine von uns! Eine Armenierin!«

»Haruth, mein Bruder«, schluckte Waghinak und stammelte mühsam, »es sind ja nicht meine Worte, ich meine nur, dass die anderen womöglich so denken könnten.«

»Waghinak«, in dieser Minute ertönte Nektars Stimme, »wir haben sie gefunden!«

In der Ferne erschien die Frau, das Kind, an einem Wiesenbocksbart kauend, auf dem Arm. Haruth ließ Waghinaks Kragen los.

»Ach, du meine Güte!«, seufzte dieser erleichtert auf und blickte glücklich zum Kind. »Wo war sie?«, schrie er zu seiner Frau.

»In der Hundehütte. Hat geschlafen.«

»Die eine würgt eine Schlange, die andere kriecht in eine Hundehütte. Arme Tiere«, scherzte Waghinak. »Man sollte sie von diesen Bengeln fernhalten.«

Nektar stand bereits neben ihnen. Sie schüttelte das Kind scherzhaft und biss ihm in das weiche Bäckchen.

»Wegen dieses Schlingels ist die arme Nachschun sieben Tode gestorben. Und wir mit ihr.«

Das Kind streckte die Arme zu Haruth. Er nahm der Frau den lächelnden Frechdachs aus den Armen:

»Wo warst du denn, du kleiner Schelm? Hat dich der Wind davongetragen?«, zärtlich tätschelte er das Kind an der Nase und verurteilte innerlich Nachschun. Wie kann denn ein Mensch so naiv sein? Sie hätte ja lügen können, sagen können, dass die Türken ihren Mann umgebracht haben, als sie schon schwanger war. Millionen Armenier sind umgebracht worden oder sind verwaist. Niemand hätte mehr nach der Herkunft dieser Waisen gefragt.

In Etschmiadzin hatte er Frauen mit wässrigen Wunden an den Brüsten und an den Lippen gesehen. Schöne Mädchen hatten ihre Körper mit Steinen und Sand wundgerieben, um als Aussätzige auszusehen, damit sich niemand an ihnen vergreift. Nachschun hatte nicht einmal diese einfache List besessen und musste nun die Konsequenzen ihrer Arglosigkeit ertragen.

»Törichtes Weib, deine Gutgläubigkeit hat dazu geführt, dass diesen Kindern der Platz zum Leben streitig gemacht wird.«

Mit dem Kind auf dem Arm spielend, konnte er die Besorgnis in Waghinaks Stimme nicht vergessen, als dieser vorgeschlagen hatte, die Dorfleute zu versammeln. Und so begann er von nun an, zwei- dreimal am Tag – egal ob bei Licht oder bei Dunkelheit – um ihr Haus zu kreisen und über die Mauer zu spähen, um sicherzugehen, dass sie von niemandem bedrängt werden.

»So ist es mit der Liebe«, kommentierten die Dorffrauen beim Wasserholen das Geschehen.

Mit der Stickerei über den Knien saß Nachschun auf der Schlaftruhe, hob von Zeit zu Zeit den Blick von der Arbeit, richtete ihn mit strenger Miene auf die unter der Decke tuschelnden Mädchen und täuschte Schrecken vor.

»Huuuii, was für ein Sturm! Schlaft nun schnell, sonst holt er euch!«

Die Mädchen lachten über die Angst der Mutter. Sie wussten, dass hierorts alles übertrieben war, so wie die Berge übertrieben große Steine sind, die in solcher Höhe ragen, dass sie nichts anderes sein können als eine Verbindung mit dem Himmel, mit seinen Wurzeln, die durch die Luftmassen tastend ihren Weg zur Erde fanden und schließlich mit ihr eins wurden. Einen starken Wind nannten hier die Menschen Sturm. Zum See sagten sie Meer. Die Zwillinge äfften der Mutter nach »Huuuii« und kicherten. Nachschun lockerte mit der Nadelspitze das Muster, setzte daraufhin einen neuen Stich an, wickelte den bunten Faden auf die Nadel und ließ sie durch den Stoff gleiten. Der verknotete Faden ging als Blume oder Blatt auf. Der Müdigkeit geschuldet, stich sie sich in den Finger und das Blut verschmierte den blütenweißen Stoff.

»Ach, nein«, ärgerte sich Nachschun über sich selbst.

»Ärgere dich nicht«, sagte Anahit, um die Mutter aufzumuntern, »sowieso wird das niemand kaufen.«

»Blödsinn«, fauchte Astghik, »als würden sie jemals etwas Schöneres finden.«

»Man sagt, dass die Bettwäsche für Frischvermählte von einer verheirateten Frau genäht werden muss. Das Pech wird sich sonst übertragen.«

»Geht jetzt schlafen!«, rief Nachschun verärgert den Mädchen zu, warf die Stickerei wütend auf die Truhe und ging hinaus.

Ein starker Wind wütete draußen. In den ferner liegenden Bergen biss sich der Blitz in den Schwanz. Würden die Wolken, die sich gerade gegen die Gipfel pressten, nur einen Schritt weiter nach vorne rücken, würden sie eiskalt brennend abregnen. Sie beschloß, dass jetzt, vor dem Einsetzen des Regens, solange der Wind noch in sich selbst verknotet in seinem Inneren die Steine poltern ließ, die verschiedenen Geräusche dieser Welt ineinander mischte und sie über die Hausdächer jagte, ein guter Zeitpunkt war, um Haruth erneut zu besuchen. Natürlich hatte sie das Gemunkel nicht vergessen. Aber es stellte kein Hindernis und vor allem nichts Neues dar. Getuschelt wurde immer, vor allem jedes Mal, wenn sie, bevor Haruth in die Welt hinabstieg, zu ihm ging, um ihm stundenlang von ihren Angehörigen, Bekannten und Nachbarn zu erzählen, sie minutiös zu beschreiben, damit er sie sofort erkennen würde, wenn er ihnen irgendwo zufällig begegnete. Und wenn er zurückkam, so war sie die Erste, die ihm entgegenlief, in Erwartung irgendwelcher Neuigkeiten.

»Eine andere wäre längst wahnsinnig geworden. Und diese spielt eine Frischverliebte vor«, ergossen die Dorffrauen ihre Missgunst über sie.

»Sie ist anders als die anderen«, erklärte Satho den Grund, warum sie von den Dorffrauen nicht gemocht wurde. »Misch mal ein Hühnerküken unter junge Enten, sie werden es zu Tode picken. Und außerdem … sie ist so verschlossen … mischt sich nicht unter Leute, geht zu niemandem und empfängt auch selbst keine Nachbarn bei sich. Lebt wie eine Einsiedlerin, vor Gott und Mensch verborgen, verlässt ihr Nest so gut wie nie. Dass sie sich nicht langweilt und das Licht der Sonne nicht vermisst?«

Auch Haruth wunderte sich.

»Na gut«, dachte er, »sie näht, stickt, arbeitet – aber so viel?«

Er beschloss, selbst nachzusehen. Eines Tages schlich er heimlich ins Haus, fand sie gebeugt über einer Stickerei vor und wurde wütend.

»Genug! Du wirst noch blind! Lass es, ich gebe dir so viel Geld, wie du brauchst.«

»Ich mache es nicht wegen des Geldes«, rechtfertigte sich Nachschun, »ich habe ein Ziel.«

Haruth blickte auf ihren Schoß – ein schönes, blütenweißes, wallendes Kleid, darauf feingestickte Vögel und Blumen. Die Wolken und der Himmel waren nur zur Hälfte zu sehen und hingen unvollendet als bunte Fäden an der Nadel. Er wusste nichts darauf zu sagen.

»Schön«, stammelte er nur.

»Mir gefällt es auch«, Nachschun verbarg ihren Stolz nicht und offenbarte ihm alles: »Was soll ich denn vor dir oder vor Gott geheim halten? Ich hatte nie eine Hochzeitskrone auf, auch ein weißes Kleid blieb mir verwehrt. Trotzdem, auf der Hochzeit meiner Töchter werde ich tanzen. Bis zu diesem Tag wird dieses Kleid fertig sein und dann werde ich es anziehen und tanzen. Egal, was die anderen sagen! Tanzen werde ich!«

Nachschun dachte, dass Haruth ohnehin schon alles über sie weiß, ihr einziger Helfer und Beschützer ist und dass es keinen Sinn hätte, etwas vor ihm zu verbergen, vor allem, da sie ohne seine Hilfe ihren Wunsch nie verwirklicht sehen würde.

In der leuchtenden Dämmerung dieser Herbstnacht sauste der Wind das Rückgrat der Berge hinauf, kratzte zischend über den Himmel, hängte sich an die zerfetzten Wolken und rauschte hinab. Dort, wo er aufprallte, wirbelte er lärmend Staub auf, presste die Steine in die Erde, zerzauste mit rauen Fingern Gesträuch und Gestrüpp. Wütend zerrte er sich seine Schweife ins Maul und wälzte sich, warf sich hin und her und rieb sich ab- und anschwellend wund. Der Wind metzelte sich einfach selbst nieder.

Nachschun kreuzte die Arme über der Brust, um sich vor dem schneidenden Wind zu schützen, der in ihr Inneres eindringen und es herauszureißen drohte, und stieß mit dem Fuß gegen die Mauerpforte. Vor Haruths Haustür blieb sie stehen. Mit einer Hand entzog sie dem Wind ihre Haare, mit der anderen ihre Kleider und zauderte. Eine Zeitlang verweilte sie so. Durch den Spalt der hölzernen Tür flackerte das aschgraue Licht der Lampe. Soll sie klopfen oder hineingehen, ohne sich anzukündigen?

»Was hast du entschieden?«

Aufgeschreckt von ihrer Stimme sprang Haruth auf.

»Du lässt mir keine Ruhe. Was werden die Leute denken, wenn sie dich hier sehen? Mitten in der Nacht, in ein leichtes Hemd gekleidet?«

Haruth sah ihren zarten, hageren Körper an. Er sah Nachschuns vor Kälte und Angst erschlaffte, vornübergebeugte Schultern, sah die durchsichtige Haut ihrer Hände, durch die grüne Äderchen schimmerten, und dachte:

»Es stimmt nicht, dass wir nackt geboren werden. Unsere Haut ist das Gewand, das uns kleidet, wenn wir auf die Welt kommen.«

»Ich habe etwas Geld gesammelt, es sollte reichen«

Leises Flehen tropfte aus Nachschuns Augen.

»Jetzt bring mich nicht zum Lachen.«

Haruth hatte jetzt erst verstanden, weshalb Nachschun ihm jedes Mal, wenn er in die Welt fuhr, ihre Stickereien brachte und ihn bat, diese zu verkaufen.

»Wenn möglich, bitte in Gold«, erklärte sie stammelnd ihr Anliegen, »ich habe ein Ziel.«

Haruth erzählte ihr nicht, was für schreckliche Zustände gerade die Welt durchlebte, wieviel Hunger, Elend und Tod. Wer würde sich jetzt noch für Spitze interessieren? Haruth verschenkte die mitgenommenen Sachen an seine Bekannten und gab Nachschun etwas von dem Geld, welches ihm der Fischverkauf einbrachte. Ihr aber sagte er, er hätte ihre Handarbeit verkauft, in der Annahme, dass sie für die Mitgift der Töchter spart. Dabei tat sie ihm noch mehr leid. Anstatt zu leben, verschwendet sie nun dafür ihre Jahre und schließt sich vom Leben selbst aus. Einmal kam ihm der Gedanke, dass seine Mutterr, hätte sie es rechtzeitig geschafft, zu entkommen, genauso gewesen wäre.

»Du brauchst keine Angst zu haben, niemand wird davon erfahren. Wenn du möchtest, komme ich mit dir. Wir bringen es in zwei Tagen zu Ende und kommen zurück«, ließ Nachschun nicht locker.

»Du kannst ja den Leuten sagen, dass wir zum Handeln in die Welt hinabsteigen.«

»Du bist wohl nicht recht bei Verstand. Ich und du zusammen? Die Leute zerreißen sich jetzt schon das Maul.«

Um sich nicht zu verraten, sah Haruth beim Sprechen aus dem Fenster, zum Hund, der mit der Schnauze auf den Pfoten in der Hundehütte lag. Dann blickte er machtlos zu Nachschun. Soll er ihr anbieten, sich hinzusetzen oder wäre das unangebracht? In der Tiefe seines Inneren brühten sich verschiedene Düfte zu einem süßen Bouquet zusammen und stiegen brennend heiß zur Kehle auf.

Nachschun stand da wie Jesus: aufrecht, ohne ein Lächeln im Gesicht, damit sich das Leben ja nicht ein zweites Mal an sie heranwagt.

»Wenn der Himmel nur wüsste, was er zugelassen hat«, dachte Haruth von Bitterkeit ergriffen.

Er näherte sich Nachschun und nahm ihre Hand. Einen Augenblick lang wärmte er ihre kalten Fingerkuppen in seiner Handfläche, wissend, dass ihr Rücken jetzt genauso kalt sein würde, und die Schultern auch. Im selben Moment erschrak er aber beim Gedanken, sie könnte glauben, eine Frau müsse ihm auf diese Weise ihre Dankbarkeit zeigen und ließ sie los. Die Wärme seiner Hand blieb auf ihrer Haut zurück.

»Verstehe es doch«, sagte er mit einem tiefen Seufzer, »im Dorf gibt es eine Menge männerlose und verwitwete Frauen. Die ziehen dir die Haut ab«.

»Wenn du dich auch dieses Mal weigerst, werde ich aus eurem Dorf weggehen. Ich werde meine Kinder packen und von hier verschwinden, hinunter in die Welt.«

Haruth schenkte ihren Worten keinen Glauben.

»Es wäre auch die beste Jahreszeit dafür«, verspottete er sie ungläubig, »die Berge wimmeln nur vor hungrigen Wölfen.«

Nachschun, die durch türkische Horden und menschenfressende Wüsten gegangen war, wusste, dass das Leben ein Schlachtfeld war, auf dem sogar Gott verloren hatte, und dass seine Auferstehung nichts mehr war als schön präsentierte Flucht. Jedoch bedurfte es noch einer letzten Anstrengung, es bedurfte eines Siegs. Und so fesselte sie Haruth mit ihrem tränenvollen und unnachgiebigen Blick, so wie ein zum Tode Verurteilter zum letzten Mal seine Augen zum Himmel richtet.

»Ich werde weggehen«, wiederholte sie entschlossen.

Haruth holte die Ochsen aus dem Stall.

»Ich wusste, dass du mir ein Herzensfreund bist.«

Nachschun legte das Geld in seine Hand und streichelte liebevoll den rotbraunen Rücken des Tieres.

»Gib ihnen alles, egal, wieviel sie dafür verlangen. Schaue nicht auf den Preis.«

Haruth ging hinter den Ochsen und verstand erst jetzt, warum die Dorffrauen Nachschun nicht mochten – sie hatten sehr unterschiedliche Ziele im Leben. Für Nachschun barg das Leben nichts Gutes. Sie konnte es sich nicht vorstellen, dass man am Leben Vergnügen haben könnte. In ihrer Vorstellung bestand es aus einer Aneinanderreihung von Entbehrungen und Demütigungen und die Aufgabe eines Menschen sah sie darin, sich ihnen würdevoll zu stellen. Vielleicht hatte die hohe Position des Vaters ihr diese Haltung abverlangt. In einer Kutsche war sie früher bis vor die Kirche gefahren, war dort ausgestiegen, ohne sich umzusehen, und hinein gegangen, den Blick zur Heiligen Mutter gerichtet, hatte dort gesungen und war wieder nach Hause zurückgekehrt. Sie war wohl kaum als Kind auf Almen und Wiesen herumgeflattert, betört durch die Lautstärke ihres eigenen Lachens, beinahe daran erstickend, so wie Sathos Tochter, zum Beispiel. Diese hatte er unter den Steinsalzblöcken versteckt zurückgebracht und dem Vater übergeben, da der Mann bettlägerig geworden war, und das Mädchen schon kochen konnte. Ein paar andere nützliche Dinge hatte Haruth ihr beigebracht. Beim Gedanken an Sathos Tochter musste er zufrieden schmunzeln – das Mädchen konnte lachen, zügellos und ungestüm.

Ueber ihm war der Berg. Über dem Berg die Wolken. Über den Wolken der Himmel. Über dem Himmel die Sonne. Was über der Sonne war, konnte nur Gott wissen. Gottes Schatten fiel auf den Himmel, der Himmel warf seinen Schatten auf die Wolken, in den Schatten der Wolken gekleidet stand der Berg und im Schatten des Berges fanden sich er und mit ihm zusammen die Ochsen. Die Ochsen taten das, was Ochsen tun: sie zogen den Karren. Unter seinem Gewicht drückten sich die Räder in die Erde, rissen ihre Sehnen auf und brachten den Berghang zum Ächzen.

»Heia, wir sind gleich da, es ist nicht mehr weit.«

Haruth blickte in die sich schlängelnde Weite und tröstete die Tiere. Innerlich verurteilte er Pertsch.

»Man muss sich nicht in die Berge zurückziehen, um sich vor anderen zu verstecken. Es ist sogar leichter unterzutauchen, wenn man unter Menschen bleibt. Obwohl es keine Rolle spielt, ob man sich im Gebirge, in einer Menschenmenge oder hinter sich selbst versteckt. Wichtig ist nur eins, dass jeder Mensch, bevor er stirbt, Gott die Unschuld zurückgibt, die er von ihm einst bekommen hat.«

Der Weg hatte einen kräfteraubenden Verlauf, wie eine schwere Krankheit. Legte er sich in Kurven, bewegte sich auch Haruth, seinem Verlauf folgend, in einer Schlangenlinie fort. Stürzte der Weg nach unten ab, so tat es ihm Haruth mit seinen Ochsen gleich. Stieg der Pfad hinauf, trieb er die Tiere mit Rutenhieben hoch. Er tat alles, was der Weg ihm befahl. Aber leichter wurde er dadurch nicht. Die Räder des Wagens brachten Steine zum Krachen. Die durstigen Tiere stemmten noch immer fest, aber langsamer werdend, die Hufe in die verkrustete Tonerde, Steine knacksten und zersprangen vor Trockenheit. Der Wind würgte, stahl ihnen den letzten Rest Sauerstoff aus den Mäulern. Er zerzauste das strohtrockene rote Gestängel des Sauerampfers, und verstreute die überreifen Samen über den dicken Köpfen der Tiere. Die trotteten weiter, ließen sich davon nicht verunsichern. Obwohl Haruth ein paar Mal sich am Wagen festhalten musste, um nicht abzustürzen, blieb auch er nicht stehen. In dieser Gegend sind Erdrutsch und Wind nichts Ungewöhnliches.

Seine Fersen schmerzten höllisch. Er hätte sich gerne auf den Karren gesetzt. Aber die Tiere taten ihm leid.

»Die armen Teufel werden noch mindestens einen Monat brauchen, um sich von dieser Höllentour zu erholen.«

Er schluckte entmutigt.

»Was soll ich machen? Die Tränen einer Frau haben mich machtlos gemacht. Ich konnte ihr den Wunsch nicht abschlagen, hätte es aber tun sollen. Hunger und Not herrschen da draußen. Für die Arme ist es schwer verdientes Geld. Blut und Schweiß stecken in jeder Handarbeit. Und dann gibt sie es für etwas Sinnloses aus. Aber was soll man tun? Jeder Mensch hat seine eigene Rechnung mit dem Leben zu begleichen.«

Er stieß einen Seufzer aus und wischte sich die Sauerampfersamen aus dem Gesicht. Einen Augenblick lang blieb er stehen und sah sich um, in Sorge, von jemandem gesehen zu werden. Hinter ihm war aber nur der

Berg, der sich so präsentierte, als wäre er die Hand, auf die der Himmel sein Kinn legte. Zitterte die Hand, würde der Himmel hinunterfließen und die Welt überströmen. Der Weg führte hinauf, zum Himmel, zu den aufgebauschten Wolken, war verknotet und bruchstückhaft wie gestotterte Wörter. So wie die Seele von oben auf den verlassenen Körper blickt, schaute er – oben am Berg angekommen – noch einmal mitleiderfüllt hinunter auf die Welt mit ihren Ruinen, Flüchtlingen, Kriegen und Revolutionen, drehte sich erleichtert um und ging weiter.

Die grün schimmernden Berge mischten sich mit der Finsternis und wurden zuerst blau, dann schwarz und lösten sich am Ende auf in der Düsternis der Nacht. Die Ochsen waren erschöpft, drückten aber immer noch die Hufe fest in die Erde. Langsam trugen sie ihre Last. Unzählige Laute kamen von den Bergen und mischten sich unter den schweren Atem der müden Tiere. Wer sprach da zu wem in diesem dumpfen nächtlichen Gebell, Geächze, Gezische und Getöse? Was floss in den Adern des Universums, dass es solche Laute aus seinem Innersten herausstieß?

Haruth hatte keine Angst. Er wusste, dass bald die Sonne zurückkommen würde, so wie ein Verbrecher immer an den Tatort zurückkehrt. Als er das Dorf betrat, barg die milchige Dunkelheit noch blasse Erinnerungen an den durchsichtigen Mond. Am anderen Ende des Himmels hatte aber die halbgare Sonne bereits ihre weichen Stacheln hervorgeholt.

Der Kuhhirt Hrair, der gerade seine Tagesverpflegung in einen Beutel steckte, kam ihm entgegen.

»Grüß dich, Haruth! Warst du unten in der Welt? Was gibt es Neues?«

»Nichts.«

Haruth seufzte.

»Auch wenn die Waisen anders flennen und die Heiligen anders beten, bleibt die Welt immer gleich.«

»Was hast du dieses Mal mitgebracht?«

Hrair begutachtete den mit einer Plane bedeckten Wagen.

»Nichts, mein Guter.«

Er schaute auch auf den Karren, der sich nur mehr mit großer Mühe vorwärts bewegete.

»Was kann ein Mensch schon aus dieser Welt mitnehmen? Nichts habe ich mit.«

»Du hast wohl Recht.«

Hrair lächelte zweideutig, schnalzte mit der Zunge und lief zu den Kühen.

Haruth ging nicht nach Hause. Er drehte den Kopf der Tiere zum Zerrissenen Berg. Dort wartete Nachschun auf ihn, um den dünnen Rücken ein Tuch fest gespannt. Vor Aufregung und Vorfreude spürte sie die durchdringende Kälte der Morgendämmerung nicht. Genau an der Stelle, wo sie nachts eine Grube geschaufelt und sich darin begraben hatte, um dann wieder herauszusteigen und Weihrauch anzuzünden, genau dort lud er die Last ab. Der Chatschkar glitt aus dem Wagen und fiel mit einem dumpfen Geräusch auf die Erde.

»Er steht schief«

Nachschun versuchte ihn geradezuschieben, stütze sich mit den Armen kraftvoll dagegen und stöhnte.

»Das ist unmöglich.«

Haruth begutachtete nun im Tageslicht den Grabstein.

»Der wiegt so viel wie ein Berg. Den kann keiner von der Stelle rücken.«

Wie auch in jener Nacht vor vielen Jahren holte Nachschun aus ihren Kleiderschichten Streichhölzer hervor, Zündholz und Weihrauch und zündete den Weihrauch an. Haruth wurde zum Zeugen jener Pracht, die nur eine Trauerfeier im Orient haben kann: Singen, Weinen, Versprechen, Bitten, Liebesbekundungen, Hoffnung und Untröstlichkeit …

»Wenn es nur einen Pfriester gäbe, dann könnte er es segnen.«

Nachschun, vom Wehklagen erschöpft, schnäuzte sich.

»Ein Grab segnen?«, wunderte sich Haruth. »Man lässt ein Leben segnen und kein Grab.«

»Auch das ist notwendig. Gottes Segen ist in jeder Lebensphase notwendig.«

«Wozu?«

Haruth zweifelte immer noch an der Sinnhaftigkeit dieses Vorhabens. Sein Blick blieb auf dem Grabstein haften, er sagte für sich dazu:

»Wie kann man denn etwas segnen, was nicht da ist?«

Nachschun schien das Nichtausgesprochene gehört zu haben.

»Wer bin ich, um Gott zu kritisieren. Aber so etwas hätte er nicht zulassen sollen, hätte er nicht … «

Sie kniete am Grabstein.

»Es ist nicht Gottes schuld, dass seine Vorstellung von dem was rechtens ist mit der Vorstellung der Menschen nicht übereinstimmt.«

Nachschun stieß einen tiefen Seufzer aus.

»Und warum stehen auf dem Grabstein keine Namen, keine Geburts- und Todestage?«

»Ich wusste es nicht. Du hast nicht dazu gesagt, für welchen deiner Angehörigen er bestimmt ist. Also habe ich schreiben lassen ›Ich … ‹ – unbestimmt und unmissverständlich. Wichtig ist, dass sofort klar ist, dass ein Leben erloschen ist.«

Es ärgerte ihn, mit welcher Zärtlichkeit Nachschun dieses Stück Stein beäugte. Sie ging um den Kreuzstein herum, betrachtete alle Ecken und die eingemeißelten Verzierungen, streichelte das Kreuz und küsste es an einigen Stellen.

»Ich verstehe es immer noch nicht. Wozu hast du ihn gebraucht?«

»Meine Kinder müssen Wurzeln und eine Stütze haben«, sagte sie und schwieg zufrieden.

Ihre Finger glitten über das kunstvoll verzierte Kreuz. Dann fügte sie hinzu:

»Solange kein Priester hier gebetet hat, ist es kein richtiges Grab.«

Sie versank in Gedanken und rief plötzlich, von einer Erinnerung wachgerüttelt, auf:

»Ich weiß, wo wir einen Priester finden können.«

»Einen Priester?«, staunte Haruth.

Er fand den Gedanken fast schon amüsant, dass in den Jahren des Sozialismus, während Kirchendiener scharenweise gejagt und gefangen werden wie Fische in Netzen und Kirchen allerorts in Brand gesetzt werden, man irgendwo einen Priester ausfindig machen könnte. Allerdings könnte man das Nachschun nachsehen. Es war doch Haruth selbst, der solche Geschichten von seinen Dorfbewohnern fernhielt. Das ganze Übel der Welt ließ er unten im Tal, so wie ein müder Feldarbeiter seine staubigen Klamotten abstreift, bevor er ins Haus geht.

»Ja, der junge Hajko.«

Nachschun schaute Haruth spitzbübisch an, sprach zuerst begeistert, bereute es jedoch gleich und blieb kurz still. Ihre Großmutter fiel ihr ein, die heimlich vor ihrem

Ehemann Geld zur Seite zu legen pflegte. Scherzend erklärte sie es der Enkelin so:

»Einem Mann solltest du nur eine Pobacke zeigen, die zweite aber für dich behalten.«

Sie waren zwar nicht verheiratet, aber trotzdem: Hajko würde perfekt passen. Er war der Sohn des Pfarrers in dem Kloster, in dem sie früher gesungen hatte. Als die Türken in das Kloster einfielen, brachten sie alle um. Dem Pfarrer hatten sie den Hals aufgeschlitzt und den Sohn gezwungen, sein Blut zu trinken. Der Junge wurde auf der Stelle wahnsinnig.

»Hajko?«, wunderte sich Haruth und drehte sich weg, damit Nachschun den Spott in seinen Augen nicht bemerkt. »Er ist aber ein Irrer.«

»Er ist kein Irrer. Er ist der Nachfahre eines Pfarrers.«

»Und? Und wir sind Gottes Nachfahren, das macht uns nicht zu Gott. Siehst du nicht, wie weit wir davon entfernt sind, Gott zu sein?«

Er deutete mit einer Kopfbewegung auf den schwer auf der Erde liegenden Kreuzstein.

»Es ist nun mal so, dass er heute ein Verrückter ist, und jeder behandelt ihn wie einen Verrückten.«

Vor Haruths Augen wurde jener Tag wieder lebendig, als seine Netze sich verheddert hatten und von einer Felsbank gefangen, sich nicht mehr lockern ließen. Also musste er die Nacht auf dem See verbringen. Der Wind hatte ihm die Lungen versengt. Der Körper glühte und der Hals war dermaßen angeschwollen, dass er kaum noch atmen konnte. Auch der Schnaps half nicht, im Gegenteil, er schnürte ihm die Atemwege noch enger zusammen. Er hatte noch etwas weißes Lampenöl zu Hause. Im späten Herbst hatte er es in Eriwan gegen getrockneten Fisch eingetauscht. Die Flasche war in der Kornkammer unter allerlei Zeug verstaut. Er stocherte mit einem Tonir-Spieß in dem Gerümpel und kramte die in einen Fetzen gewickelte Ein-Literflasche mit Lampenöl hervor. Er nahm einen Schluck. Das Kinn zur Decke gerichtet gurgelte er ein paar Mal. Er würgte, spuckte und machte die Flasche zu. Die Augen brannten und tränten. Mit der Flasche in der Hand ging er hinaus. Satho hatte ein Stück in Lampenöl getränkten Stoff um den Finger gewickelt. Sie steckte ihm den Finger in den Hals und reinigte ihn von innen.

»Spuck aus«, sagte sie, nachdem sie den Finger herausgeholt hatte, »du stinkst wie ein nasser Hund. Der Hals ist vereitert.«

Haruth schloss die feuchten Augen, holte wieder Luft und spuckte.

»Der Eiter ist zäh, er löst sich nicht.«

Satho tränkte den Finger erneut im Lampenöl und steckte ihn in Haruths Mund.

»Deine Kehle ist ordentlich angeschwollen. Aber macht nichts, ich werde sie dir lockerreiben und die Eiterbeutel zum Platzen bringen.«

Sie drehte ihren Schal zu einem festen Seil, befahl Haruth, sich niederzuknien, stellte sich selbst vor ihm hin und warf das Seil um seinen Hals.

»Bewege deinen Kopf nicht, bleib so, wie du bist.«

Sie bewegte das Seil hin und her und sang dabei. Ein paar Mal riss sie das Seil ruckartig nach oben. Haruth stöhnte auf.

»Halte noch etwas durch. Noch ein letztes Mal.«

Sie bewegte das Schal-Seil noch ein Paar mal an seinem Hals hin und her und zog es nach oben, als würde sie ihn mit einem Ruck vom Boden lösen wollen.

»Spucke jetzt! … Kommt nichts?«

Sie begutachtete kritisch das Ausgespuckte in einer verbeulten Schüssel.

»Du solltest in der Nacht jemanden kommen lassen. Wenn der Eiter sich nicht löst, wirst du noch leiden müssen. Das Fieber wird noch weiter ansteigen. Du könntest ohnmächtig werden. Du solltest heute nicht allein schlafen. Oder steig in den unteren Dorfteil und lass Dschano dir in den Mund pusten. Dann löst sich der Eiter augenblicklich.«

Sathos fadenscheinigen Schal um den Hals gebunden, kehrte Haruth zurück. Vor seiner Tür stand Arscho mit einem mehligen Sack vor den Füßen.

»Ich habe ihn dir zurückgebracht, Bruder. Glaube nicht, dass ich niemanden aufnehmen will. Ich will auch helfen, aber der hier ist verrückt.«

Er stieß leicht mit dem Fuß gegen den Sack.

»Nimm ihn und gib mir einen anderen Halbtoten. Ich versichere es dir, ich nehme jeden anderen, aber dieser da ist ein Irrer.«

Er beugte sich zum Sack, schnürte ihn auf, hob ihn an zwei Enden in die Luft und ließ seinen Inhalt – Hajko – auf den Boden fallen.

Der Junge streckte sich leicht auf der Erde, machte eine wurmähnliche Bewegung und erstarrte, den Blick zum Himmel gerichtet.

»Was macht er denn?«

»Er lacht ohne Grund.«

»Na und?«

»Mein Lieber, so etwas fragt man nicht, wenn es um einen Verrückten geht. Wenn er heute ohne Grund lacht, ist nicht auszudenken, was er morgen machen wird. Du weißt, ich habe drei Töchter und er wird bald zu einem Mann herangereift sein. Und dann lacht er … Du wirst zugeben müssen, dass es riskant ist.«

Arscho beendete seinen Wortschwall und ging, ohne Haruth ins Gesicht zu sehen.

– »Ich weiß es nicht. Er lacht grundlos.«

Haruth kapitulierte unter Nachschuns anklagendem Blick.

»Wenn es nur beim Lachen bleibt, dann können wir froh sein«, seufzte Nachschun.

Ohne Zeit zu verlieren, besuchte sie am nächsten Tag Hajko in dem Haus, welches Haruth für ihn gebaut hatte. Nachdem Arscho ihn in einen Sack gesteckt und vor Haruths Füßen ausgeladen hatte, hatte er kurze Zeit bei ihm gewohnt. Haruth liebte jedoch seine Einsamkeit so, wie andere ihre Freiheit lieben. Also stellte er ihm ein Haus hin. Den Frauen, die seine Tiere hüteten, trug er auf, für Hajko zu kochen und zu waschen, auch wenn Haruth später vor dem Leben selbst seine Waffen niederlegen würde, da Nachschun sich unbemerkt in seiner Einsamkeit eingenistet hatte, wie ein Gebet auf den Lippen eines Sündigen oder eine Goldmünze in der Dunkelheit eines Speichers.

Vor seinem Haus angekommen, sah sie, wie die Kälberhirten auf den Jungen einschlagend und eintretend, ihn ins Dorf schleppten. Es stellte sich heraus, dass Hajko am Spielplatz gegraben und etwas Rundes und Glänzendes gefunden hatte.

»Eine Goldmünze, eine Goldmünze!«, hatten die Kinder geschrien, vor Freude gelacht und getanzt, »wir haben Gold gefunden!«

In dem allgemeinen Geklatsche und Gejubel hatte Hajko die Münze geschnappt und sie weggeworfen.

»Warum hast du das getan, du Schwachkopf! Hast du nicht gesehen, wie sich deine Freunde freuen?«

»Habe ich«, stotterte Hajko, »ich habe gedacht, dass sich auch jemand anderes freut, wenn er sie findet.«

Nachschun befreite ihn aus den Krallen der Dorfjungen und nahm ihn mit.

»Ich werde das Gebet sprechen und du wirst, wie dein Vater, mit einem Kreuzzeichen deinen Segen erteilen.«

Zu Christi Himmelfahrt umschlossen die *bösen Geister* zuerst die gelben Blüten der Hohen Schlüsselblume mit den Fingerspitzen, rissen sie aus, saugten den heraustretenden Nektar und warfen sie weg. Erst wenn sie sich mit diesem Nektar gesättigt hatten, banden sie Blumensträuße und bunte Blumenkränze, schmückten damit die Köpfe von jungen Mädchen und stiegen hinunter ins Dorf. Große Mehlsiebe an den Hüften befestigt – die Mädchen am Kopf der Bittprozession, die Jungen ihnen folgend – klopften sie singend an jeder Tür.

»Wir preisen, wir preisen. Wen sollen wir preisen? Sollen wir Oma Haikusch preisen?«

Oma Haikusch suchte daraufhin klappernd alle Winkel im Haus ab, brachte Süßigkeiten und Eier, legte sie ins Sieb der *bösen Geister*, damit das Böse in diesem Jahr ihr Haus nicht heimsucht. Die mit Blumen und Gräsern geschmückten Jugendlichen eilten zufrieden zum nächsten Haus.

»Wir preisen, wir preisen. Wen sollen wir preisen?«

Süßigkeiten, Trockenobst, Eier, Brot, Käse, Halwa: die Siebe waren schon fast voll mit Gaben, als die Kinderschar sich auf den Weg ins türkische Viertel machte.

»Wir preisen, wir preisen … «

Plötzlich riss der Gesang ab und der kleine Haruth schrie mit heiserer Stimme:

»Haruth, schnell, Nachschun wird verprügelt.«

Man hatte die Streitenden schon auseinandergerissen, als Haruth zur Hilfe eilend am Ort des Geschehens eintraf. Nachschun erhob sich langsam vom Boden und klopfte ihre Kleider ab. Bro kaute noch schimpfend an ihrer Wut herum. Haruth hatte das um seine Taille gewickelte Pferdehaarseil mit Metallhaken an beiden Enden losgebunden, peitschte damit über die Erde und wartete auf eine Erklärung.

»Ihr Sohn hat uns als Türken beschimpft. Deswegen haben wir ihn geschlagen«, sagte Astghik zur Rechtfertigung.

»Freilich seid ihr Türken«, legte Bro wieder los, »Halsabschneider seid ihr. Habt meinem Kind beinahe das Auge ausgeschlagen.«

Sie drehte den Sohn zu Haruth, damit er sein geschwollenes, blutunterlaufenes Auge sieht. Das Seil teilte den herumliegenden Steinen weitere Hiebe aus, während Haruth auf Bros Erklärung wartete.

»Ich stehe zu dem, was ich gesagt habe.«

Bro, die seit zwanzig Jahren keinen Mann zu Gesicht bekommen hatte und die ausgepeitschten Steine als Liebesbeweis für Nachschun hielt, gab nicht nach.

»Schaut doch her, sie haben ja Köpfe wie Spitzmützen, richtige Türkenköpfe sind das. Großgütiger Herr, was haben wir dir getan, wieso mussten sie in unser Dorf kommen und uns in Armenier und Türken teilen?«

»Ich möchte so etwas nie wieder hören.«

Haruths Warnung hatte die Wirkung einer geballten Faust, die Bro auf den Kopf traf.

»Wie herzlos kann man sein?«

Bro schäumte weiter vor Wut und streckte die Hand mit gespreizten Fingern in Nachschuns Richtung.

»Warum hast du dich nicht in den Abgrund geworfen, wie alle anderen? Dann wärest du den Türken entkommen und hättest uns ihre Ausgeburt erspart.«

»Selbstmord?«

Von den rundherum Versammelten meldete sich Nojem vorwurfsvoll zu Wort.

»Wie hätte sie das vor Gott verantwortet? Es ist besser, in Schande vor den Menschen zu leben als in Schande vor Gott.«

»Mein Gott!«, schmetterte Bro ihm verächtlich entgegen. »Was hat sie von diesem Leben? Hätte Gott es anders gesehen, würde auch ihr Leben anders sein.«

Haruth hatte das Gefühl, als müsste er eine schwere Last heben, nur mit Mühe wandte er den finsteren Blick von Bros Gesicht ab und entfernte sich mit gesenktem Kopf, mit dem Seil immer noch über die umliegenden Steine fegend. Nach kurzer Zeit kehrte er zurück und hielt den mit rotbraunen Ochsen gespannten Wagen vor Bros Haustür an.

»Haruth, mein Lieber, was habe ich denn dir getan? Ich wollte bloß mein Kind beschützen«, wimmerte Bro. »Hätte ich mir doch den Mund zertrümmert und nichts gesagt … Habe Erbarmen. Wo soll ich nun mit meinen Waisen hin? Wo sollen wir nun leben?«

»Bro, sogar von Gott wenden wir uns ab, wenn er das zumutbare Maß überschreitet. Du hast das Maß überschritten. Wenn du an deine Kinder denkst, dann beeile dich lieber«, sagte Haruth mit ruhiger Stimme, immer noch das Seil über die Steine schwingend, »beeile dich, damit wir nicht mitten in der Nacht aufbrechen müssen.«

Die älteste Tochter von Bro trat auf Haruth zu, schmetterte das mit Süßigkeiten gefüllte Sieb auf die staubige Erde zu seinen Füßen, sah ihn mit vor Wut erfüllten Augen an, ging ins Haus und kam mit einer Decke unter dem Arm hinaus. Sie warf sie in den Wagen, warf Haruth einen kalten Blick zu und ging wieder hinein.

Zehn Tage später kehrte Haruth zurück. Man sagte, er habe Bros Familie in die Gegend von Aran gebracht und für sie dort einen neuen Platz zum Leben gefunden. Ihre jüngeren Kinder, die weder jagen noch fischen konnten, waren für ein Leben hier sowieso nicht geeignet, genauso wenig wie für schwere Arbeit in der Stadt. In Aran hingegen sei der Boden fruchtbar. Zweimal im Jahr könne man dort ernten und Bros Kinder – fleißig waren sie ja – könnten dort pflügen und säen. Genauso lange brauche man nach Aran und zurück, sagte man, zehn Tage.

Am Tag seiner Rückkehr kam Satho zu ihm, um zu sehen, ob er ihre Bestellung – Bienenmilch und weißes Lampenöl – mitgebracht hatte. Und während sie von diesem und jenem quasselte, warf sie nebenbei ein:

»Nach diesem blöden Streit ist Nachschun irgendwie verwirrt. Als wäre sie nicht ganz bei Trost. Du solltest hingehen und nachsehen.«

Nachdem sie das gesagt hatte, ging sie, ohne irgendeine Gefühlsregung zu zeigen oder irgendetwas zu erklären. Haruth fragte auch nicht weiter nach. Als es jedoch zum Dämmern begann, machte er sich auf den Weg zu Nachschun, obwohl er es stets vermieden hatte, Nachschun und ihre Töchter zu Hause oder sogar im Hof vor dem Haus aufzusuchen – aus Rücksicht darauf, dass weder sie als alleinstehende Frau von zwei Töchtern noch die Nachbarn die Anwesenheit eines Mannes gewohnt waren.

Nachschun saß wie immer über einer Stickerei gebeugt und lockerte mit der Nadelspitze fein gesetzte Stiche, damit sie in einem Muster aufgehen. Als sie ihn bemerkt hatte, sprang sie erschrocken auf, warf die Handarbeit auf den Boden, und versuchte schwankend sich aufzurichten.

»Mir ist schwindelig … Von dem Schlag noch und vom Weinen«, erklärte sie.

Haruth betrachtete sie mit prüfendem Blick auf der Suche nach etwas Besorgniserregendem in ihren Bewegungen und ihren Worten.

»Mir ist etwas Kluges eingefallen«, sagte sie, ohne ihm in die Augen zu sehen.

Haruth setzte sich neben sie, den Blick auf die schlafenden Kinder gerichtet und fragte flüsternd:

»Ja?«

»Bring mich weg von hier, hinunter in die Welt. Ich kann nicht mehr. Was ist das für ein Leben? In deinem Dorf sind die Menschen herzlos. Sie glauben nicht an Gott und kennen kein Gebet.«

»Doch, kennen sie«, tröstete sie Haruth, »sie verwenden es nur nicht, da es sie im Leben bis jetzt vor keinem Unheil geschützt hat … so wenig wie dich.«

»Und ich kann nicht ohne. Was soll ich nun tun? Bring mich weg von hier.«

»Wohin?«

Wissend, dass es keine Antwort auf seine Frage geben konnte, redete er weiter auf sie ein:

»Glaube mir, es gibt keinen besseren Ort für dich. Wenn es hier nur an Gott und Gebet fehlt, so fehlt es überall auf der Welt an Menschen und Menschlichkeit. Hier beten die Menschen nicht, sie prügeln das Gebet in ihre Tränen, so wie man sich vor Schmerz und Trauer auf die Brust schlägt. Trostlos und verlassen ist die Welt, so wie die menschliche Einsamkeit.«

»Hilf mir!«

Sie glitt auf den Boden und fiel zu Haruths Füßen.

»Wir müssen die Kinder taufen. Du musst sie zur Taufe bringen. Diese Beschimpfungen müssen mit heiligem Myron von meinen Kindern reingewaschen werden.«

»Du bist doch nicht ganz bei Sinnen!«

»Hilf meinen Kindern, bitte!«

Haruth stand auf.

»Gut«, sagte er kurz und ging hinaus.

Anahit! Astghik!

Die Dorfkinder riefen es in durchdringender Lautstärke.

»Was gibt's, Kinder?«

Nachschun stand in der Haustür.

»Sie sollen zum Spielen rauskommen.«

»Es geht nicht, sie sind krank.«

»Meine Mutter hat Spas gekocht, soll ich etwas davon bringen?«

»Nein, auf keinen Fall«, erwiderte Nachschun erschrocken, »sie haben Windpocken, ihr steckt euch noch an.«

Damit eilte sie zurück ins Haus.

Am Abend gewitterte es. Der Himmel stand so nah, dass der Blitz direkt in den Augen einschlug. Nachschun rannte besorgt aus und ein, schloss hektisch die Scheunentür, deckte den zum Trocknen ausgebreiteten Kuhmist zu. In Gedanken ging sie noch einmal die letzten Tage durch, versuchte die Reihenfolge der Ereignisse zu rekapitulieren: Zuerst hatten sie bei Satho die Schlafmixtur geholt und diese den Mädchen gegeben, dann hatten sie die Zwillinge unter Steinsalzblöcken versteckt und Haruth war in der Nacht losgefahren, um sie heimlich taufen zu lassen.

In der Morgendämmerung, als Nachschun – nachdem sie die ganze Nacht die Blitzeinschläge im Bauch gespürt hatte – in einen seichten Schlaf gefallen war, knarrte plötzlich die Tür. Als sie die Augen öffnete, hatte Haruth schon Astghik ins Bett gelegt und wollte gerade Anahit holen. Nachschun sah ihn glücklich an.

»Gott sei gedankt!«

Sie tastete flüsternd Astghiks Hals ab, zog das Kreuz vom bunten Band ab, küsste es und machte ein Kreuzzeichen darüber.

»Danke.«

Mit Freudentränen in den Augen griff sie nach Haruths Hand. Er war inzwischen mit Anahit zurückgekehrt und legte sie vorsichtig aufs Bett.

»Wer ist der Taufpate? Wir werden hinfahren und ihn finden, wenn sie etwas älter sind. Die Welt wird sich wohl eines Tages ändern. Kann ja nicht so bleiben. Dann finden wir ihn, damit sie noch einen weiteren Angehörigen haben. Große Mädchen sind sie ja schon. Sein Name, sein Gesicht, das Dorf, wo er lebt – sie werden sich daran noch erinnern können.«

»Das glaube ich nicht«, sagte Haruth etwas zögerlich.

»Wieso? Ist etwas schiefgegangen? Sind sie nicht getauft worden?«

Eine Mischung aus Hass und Entsetzten schimmerte in Nachschuns Blick auf.

»Doch, ich habe sie taufen lassen. Du kannst das Myron an ihrer Stirn riechen. Sie haben nur die ganze Zeit geschlafen, haben ihre eigene Taufe nicht mitbekommen. Es ist besser so.«

Haruth stand auf. In der Tür drehte er sich um.

»Hab' keine Angst, sie werden beide am Morgen wieder aufwachen. Ich gehe jetzt lieber, solange es noch dunkel ist, habe keine Lust auf das Getuschel der Leute.«

Er lächelte der vor Glück strahlenden Nachschun zu und ging hinaus.

»Ja, geh lieber, ruhe dich aus«, sagte Nachschun, »hol dir etwas Schlaf.«

Haruth schloss die Tür hinter sich und atmete tief die milchige, durch die Kälte verdichtete Luft ein und beschleunigte den Gang. Dann fiel ihm etwas ein und er blieb abrupt stehen.

Nachschun kniete neben den Mädchen und sprang blitzartig auf, als Haruth hereinkam. Sie schaute ihn erwartungsvoll an.

»Eine Sache habe ich vergessen.«

Beschämt steckte Haruth die Hand ins Revers.

»Ich habe dir etwas mitgebracht.«

Er holte einen Gegenstand hervor, der in ein buntes Kindertuch gewickelt war, und reichte ihn ihr. Nachschun öffnete vorsichtig das Geschenk.

»Ein Narek!«, schrie sie jubelnd auf.

Haruth dankte in Gedanken dem verschleierten Händler, von dem er schon einige Male eine Waffe gekauft hatte und dessen Diskretion er zu schätzen wusste. Er hatte den Mann gebeten, ihm eine Bibel zu besorgen. Vermutlich war das Risiko aber zu groß gewesen. Dieses Buch stehe einer Bibel in Nichts nach, hatte er gesagt und das Geld abgelehnt. So etwas tausche man nicht gegen Geld ein, hatte er gesagt. Haruth solle es nehmen und Gott ihn und seinen Mut beschützen.

»Gefällt es dir?«, fragte er, obwohl die Antwort auf der Hand lag. »Wovon handelt es? Man sagt, es sei so gut wie eine Bibel.«

»Es ist ein Narek – ein Gebet- und Gesangbuch.«

Ihre schneeweißen Finger berührten zuerst die Lippen und streichelten dann sanft über das Buch.

»Und Narek kann zu Gott sprechen, von Angesicht zu Angesicht.«

»Hat er Gott gesehen?«, fragte Haruth ungläubig.

»Hat er«, bestätigte Nachschun, einen liebevollen Blick vom Buch auf Haruth richtend.

»Eine schreckliche Vorstellung«, dachte Haruth, »von anderen gesehen zu werden, schränkt die Freiheit ein. Gott kann das nicht gefallen.«

»Gut«, sagte er dann laut und blickte zu den schlafenden Mädchen, »ich gehe jetzt.«

Nachdem die Tür sich hinter Haruth geschlossen hatte und Nachschun sich mit dem Blick aus dem Fenster vergewissert hatte, dass er gegangen war, wickelte sie das Buch wieder in das bunte Tuch, drückte es an die Brust und blieb einen Moment wie versteinert stehen. Dann legte sie es auf den Holztisch, auf dem von Zeit zu Zeit knisternd eine Talgkerze flackerte.

Sie kniete neben dem Bett mit den schlafenden Mädchen nieder. Tastend nahm sie ihnen wieder die Kreuze ab, zuerst vom Hals der einen, dann der anderen Tochter, öffnete den Verschluss der siebenfarbigen Bänder, breitete sie nebeneinander behutsam auf der Decke aus und streichelte mit den Fingerkuppen drüber.

»Behütet sie«, sprach sie in Gedanken zu ihren Töchtern, »das ist eure Seele, das Einzige, was ihr besitzt. Das ist das einzige Erbe, das ihr von Gott bekommen habt. Hütet es.«

Sie wickelte die bunten Bänder um die nach Myron duftenden Kreuze und versteckte sie, solange die Mädchen noch schliefen. Verängstigt blickte sie zur Tür. Ihre Gedanken kreisten um Haruth.

»Wie viele verschiedene Schicksale birgt dieses Dorf? Wie oft musste dieser arme Mann nachts heimlich in die

Welt hinuntersteigen, wie viele Tonnen Steinsalz mit seinen abgequälten Ochsen bergab- und bergauf ziehen?«, dachte sie von Zuneigung ergriffen.

Kein Laster war ihnen fremd. Die Schwestern waren diebisch, wollüstig, streitsüchtig. Aber schön waren sie!

»Nur von Türkenblut kann so eine Schönheit kommen«, schwärmten die Dorfeinwohner.

»Wieso nur Türkenblut? Kurden-, Lesgier-, Tscherkessenblut – wer weiß, was sonst noch in diesen Adern fließt. Natürlich mussten sie schön geraten«, spotteten die Dorfweiber, mit einem Beigeschmack an Schadenfreude, wenn sie die ständige Zankerei der Schwestern schon über hatten.

Die Zugewanderten waren gute Handwerker. Sie hatten sich die Berge gleich zu Eigen gemacht. Sie bohrten Löcher in ihre Flanken, drangen unter ihre Haut ein, hoben Tonerde und Material für Tonir-Öfen aus und machten Tonkrüge. Nachschun nähte Bettwäsche für Brautpaare und für Neugeborene. Ihre Decken schmückten oval- und rombusförmige Verzierungen und Blumen.

»Damit ihr es warm habt«, sagte sie, während sie den letzten Stich setzte, als wollte sie einem Ehebett die ihm von den Türken gestohlene Würde zurückgeben.

Sie hatten es sogar geschafft, schneidender Kälte und eisigem Wind zum Trotz, auf den wenigen zwischen den hohen Bergen eingeklemmten Lichtungen, Bäume zu pflanzen. Das Benehmen der Mädchen reichte jedoch aus, um das alles zu konterkarieren.

Die Zwillinge verrichteten Töpferarbeit. Sie gingen mit den Männern zusammen in die Berge, kratzten die lehmige Erde ab, luden sie auf den Rücken und brachten ins Dorf, wo sie Eier, Weizenschrot und Wasser dazugaben. Sie mischten die Rohmasse mit nackten Füßen durch, hoben die durch den nassen Ton schwer gewordenen Kleiderschichten hoch, mischten auch die Blicke der erglühenden Burschen dazu und stampften sie mit den Füßen in den Brei ein. Die von ihnen angefertigten Krüge wurden gefüllt mit Weizen, mit von Kräutern verfeinertem Käse, sauer eingelegtem Dill, Bergthymian und Sauerampfer. Haruth lud sie auf seinen Karren, deckte sie mit Schaf-, Wolfs- und Fuchsfell zu und brachte sie zum Verkauf oder Umtausch über Bajaset nach Eriwan, von dort nach Ararat und Artaschat. Auch im Dorf verkauften die Hersteller ihre Erzeugnisse: Teller, Tassen, Krüge und Spielzeug. Aber wehe, man kaufte die Ware von einer der beiden Schwestern oder – noch schlimmer! – lobte das Werk der einen oder der anderen. Die Schwestern gerieten sich in die Haare und fielen übereinander her. Sie überschütteten einander mit üblen Beschimpfungen

»Du blöde Ziege!«

»Du dumme Kuh!«

Auch derbe Mutterflüche waren darunter. Es verging kein Tag, an dem sie sich nicht bekriegten. Noch zu Lebzeiten der Mutter beschmutzten sie den ihr zugewiesenen Platz im Himmel. In einem Dorf, in dem man dem Grab einer Mutter mehr Ehrfurcht erwies als ihrem Leben, wurde der Streit der Schwestern als Zumutung empfunden und die Dorfeinwohner reagierten angewidert, so wie sie an Menschenfresserei Anstoß genommen hätten. Nachschun schämte sich in den Boden, für ihre Mädchen und für die Welt. Sie versteckte ihr Gesicht und weinte verstohlen.

Einer der Zugewanderten, Ones, versuchte die Dorfleute milde zu stimmen, indem er Nachschun lobte.

»Wisst ihr, wessen Enkelkinder das sind? Wisst ihr, wer Nachschuns Vater war, was für ein ehrsamer Mensch? Jeden Tag gab er den Armen vierzig Schafe zu essen. Und wisst ihr, was für ein Mensch ihr Verlobter war? Jeden Tag brachte er vierzig Kindern Lesen und Schreiben bei. Und wisst ihr, wer ihr Bruder war? Und sie selbst! Wie sie singen kann! Und wisst ihr, wie gut ihre Schmandnocken schmeckt?«

Die Liste der Lobpreisungen wurde immer länger.

»Solche Schmandnocken habt ihr noch nie gegessen.«

Ones schloss verträumt die Augen.

Es gab auch Menschen, die Nachschun gegenüber gutgesinnt waren. Asaneth kam sogar einmal zu ihr, um für ihren unreifen Sohn zu werben.

»Ich bin mit jeder von den beiden einverstanden«, lächelte sie Nachschun zu.

Sogar eine Handvoll Zucker hatte sie mitgebracht.

»Überlege es dir nicht weiter, mit dem ersten Werber hat man immer das größte Glück, etwas Besseres kommt nicht mehr nach.«

Jedes Mal, wenn Nachschun dem Sohn von Asaneth begegnete - im Dorf munkelte man, dass er unkeusches Zeug mit Tieren in den Tälern trieb – dachte sie sich:

»Lieber Gott, die Natur kann einen Menschen auf vielerlei Art verfluchen.«

»Wo ist denn da ein Mann«, sagte Nachschun zurückhaltend, »dass man von Glück sprechen könnte?«

»Komm, Schwester. Es ist unnötig, weitere Abwägungen anzustellen. Sie wird Kinder bekommen, Hausbesitzerin werden. Hast du mein Haus gesehen? Den Gemüsegarten? Und das Vieh?«

»Einen Garten und Vieh kannst du erst dann schätzen, wenn du einen normalen Mann an deiner Seite hast«, seufzte Nachschun. »Ein Mann müsste schon etwas vollblutiger sein, um Nachkommen hervorzubringen, mit denen man sich später nicht abquälen muss. Man sagt, er sei nicht ganz bei Verstand.«

»Na und?«, gab Asaneth nicht nach. »Und ihr seid Türken«, schmetterte sie ihr entgegen und ging weg.

Aber das genügte ihr nicht. Draußen, vor den Nachbarn zog sie weiter über Nachschun und ihre Töchter her:

»Soll sie ihre gefräßigen Töchter behalten. Jemand, der das nicht im Griff hat« – sie drückte drei Finger zusammen und führte sie zum Mund – »hat auch das nicht im Griff!« – sie nahm die Hand vom Mund und steckte sie zwischen die Beine – »Soll sie behalten.«

Nachdem sie gegangen war, blieb Nachschun noch lange mit eingefrorenem Gesichtsausdruck, die Hände im Schoß, sitzen. Sie erlaubte sich nicht den Luxus, Tränen zu vergießen, und blickte zu den dicht geballten, aufdringlichen und sich in die Unendlichkeit ziehenden Bergen.

»Wie schade, dass die Welt hier und auf diese Weise endet.«

Es gab drei Schuldige: Die Hühner, die mit dem Eierlegen nicht nachkamen, Satho, die im Menschentrubel Nachschun an ihre Schulden erinnern konnte, und der Fluss, der nicht laut genug rauschte, um das aus Nuschiks Haus kommende Geschrei zu übertönen. Das ganze Dorf wusste nun, Mutter und Sohn liegen sich in den Haaren. Und der Wind, der sonst jede beliebige Stimme verzerrte und in einer der unzähligen Höhlen versteckte, fing das Geflüster der Jungen auf und brachte es – man könnte behaupten: absichtlich – ins Dorf. Mit einem Wort: Es war eigentlich für niemanden eine Überraschung. Alles, was geschehen ist, war zu erwarten gewesen.

Als die Dorfleute sich zuvor bei Nuschik beschwerten, ihr Sohn würde sich nachts mit Anahit in Gemüsegärten wälzen, unter sich die Kartoffelknollen kaputtdrücken, sie soll ihn verheiraten, fauchte sie abschätzig zurück:

»Soll sie rollig sein und jaulen, so viel sie will, so eine kommt mir nicht ins Haus.«

Dann merkte sie, dass ihre verächtliche Haltung dem Sohn nicht gefiel. Auch die Dorfleute belehrten sie.

»Unmut besänftigt man mit Milde, dein Gekreische bringt dich nicht weiter.«

Nuschik beruhigte sich und wechselte zu behutsamer Erziehungsarbeit.

»Jemand, der so geboren wurde, kann kein normaler

Mensch sein. Der Schmerz, den sie ertragen haben müssen, der wird noch viele hunderte Jahre in ihnen widerhallen. Wer kann schon an der Seite von solchen Menschen glücklich werden, dein Leben lang wirst du dich ob ihres Schicksals plagen.«

Dann ließ der Fluss ihren Streit zerflattern.

Als die Nachricht ihm überbracht wurde, fällte Haruth gerade einen vom Blitz getroffenen Baum. Er lief, so wie er war, mit der Axt in der Hand, in die Trockene Schlucht. Der kleine Haruth hatte sich geprügelt, das Blut spritzte ihm aus der Nase und lief in den Mund. Der Junge bekam keine Luft, würgte und hustete. Das Blut rann ihm aber schneller den Rachen hinunter, als er es ausspucken konnte. Der Blutgeschmack war ihm neu und er schrie panisch zu den Freunden:

»Ruft Haruth, holt ihn zu Hilfe.«

»Schluck es hinunter«, brüllte der herbeigeeilte Haruth, »schluck das Blut, damit du nicht daran erstickst und damit du nächstes Mal keine Angst davor hast. Schluck es hinunter.«

Haruth reihte die Dorfburschen an den Schlundrand und legte los. Das Seil jagte pfeifend durch die Luft, zerschnitt diese in Stücke und landete auf den jungen Körpern. Durch die Heftigkeit der Hiebe sprang die Haut auf, die Venen zerplatzen an Ort und Stelle und das warme Blut spritzte in alle Richtungen. Die Burschen stöhnten, rollten sich vor Schmerz. Aber sie hielten durch, ohne einander zu verraten.

Die Dorfeinwohner, die sich um sie herum versammelt hatten, trauten sich nicht, einzugreifen. Mechak, dessen Sohn ganz vorne in der Reihe stand, drohte mit jedem Peitschenschlag, der sein Kind traf, grollend mit Vergeltung.

»Meinen Jungen darf keiner anrühren, nicht einmal mit dem Finger!«

Aber sobald Haruth sich umdrehte und die rundherum Versammelten anschaute, verzerrte Mechak die faulen Zähne zu einem falschen Lächeln:

»Recht hast du, Haruth-dschan, verdresche diese Lauser ordentlich, damit sie nächstes Mal keinen solchen Mist bauen.«

Haruth drehte sich lautlos zurück zu den aufgereihten Dorfjungen und Mechak setzte mit dem Gejammer fort:

»Keiner … nicht mit dem Finger … «

Den kleinen Haruth im zerrissenen, mit Blut vollgesogenen Hemd vor sich nach Hause her treibend, dachte er an seinen ersten Ausflug in die Welt mit Pertsch, der in Eriwan in einer Taverne die Kellnerin am Arm gefasst und zu sich gezogen hatte.

»Geh, öffne dem Jungen die Augen.«

Dann schubste er sie zu Haruth. Er war aber gar nicht so unschuldig gewesen, wie Perstch es vermutete und zurück aus der Welt musste er sich sehr zurückhalten, um bei Freunden nicht zu prahlen.

»Während wir uns hier auf Lipos Kartoffelfeld Nächte hindurch verstecken und warten, bis er eingeschlafen ist, um einer nach dem anderen zu seiner Frau ins Bett zu steigen, gibt es in der Welt draußen Weiber, deren Hintern man sogar bei Tageslicht streicheln darf. Abgesehen davon hatten Lipos acht Kinder die Brustwarzen seiner Frau schon langgezogen, sodass sie schlapp und bläulich waren und nach Muttermilch rochen. Aber die Frau aus der Taverne … So muss ein Weib sein: jung, schön, mit festen zartrosa Brustwarzen und feinen Duft verströmenden Ohrläppchen … «

Den kleinen Haruth vor sich hertreibend, gab er in Gedanken sich selbst die Schuld. Jedes Mal, wenn er ein Vieh geschlachtet, Früchte geerntet, aus der Welt etwas mitgebracht oder Reisig gesammelt hatte, schnürte er ein Bündel zusammen und lud es auf die Schultern des Jungen.

»Da, trag es zu Nachschun, arm ist sie, zieht ohne Mann zwei Kinder auf.«

»Das ganze Dorf besteht aus männerlosen Frauen. Sie zieht zwei, die anderen ein Dutzend Kinder auf. Warum ist ausgerechnet sie arm?«, zeigte sich der kleine Haruth von der schweren Last wenig begeistert.

»Sie verdient es mehr, weil sie Anstand und Treue besitzt.«

»Haben Paitsar oder Maro etwa keinen Anstand?«

»Sie haben Glück im Leben gesehen und bleiben ihm treu, sie aber hat weder Glück noch Leben erfahren. Es ist sehr schwer, dem eigenen Unglück treu zu bleiben, heldenhaft ist das.«

»Ja, ja, schnaufte der kleine Haruth schon auf halbem Wege, »deine Heldenhaftigkeit kenne ich ... «

Der kleine Haruth ging vor ihm mit gesenktem Kopf, wischte sich von Zeit zu Zeit mit dem Ärmel unter der Nase, prüfend, ob sie noch blutete. Haruth gab ihm einen leichten Klaps auf den Nacken.

»Du, Halbgarer! Hast deinen Verstand in der Hose verloren, dabei bist du selber nicht größer als dein Pimmel. Wenn du dich mit fünfzehn schon in Schwierigkeiten bringst, was werden wir dann machen, wenn du zwanzig bist?«

Haruth saß bereits jeden Abend auf den Holzstufen vor seinem Haus, zog die langen Rossschweifhaare gerade, flocht sie in einen Zopf und bewunderte sein Werk, das er demonstrativ in die Höhe hielt. Die heranreifenden

Dorfburschen ließen sich jedoch vom Rosshaarseil nicht beeindrucken.

Satho trug die Eier zusammen, stapelte sie in einen Korb und bewahrte sie in der dunklen und kalten Scheune auf. Wenn sie Haruth sah, drängte sie ihn:

»Du musst in die Welt hinunter, die Eier verfaulen sonst. Wäre schade drum.«

»Ach, Satho, wie wirst du eines Tages deine Seele zurückgeben?«

»Mein Freund, das entscheiden nicht wir. Gott sieht meinen Nutzen eben darin, was kann ich dafür?«

»Ja«, seufzte Haruth, »gäbe es Gott nicht, in wessen Namen würden wir dann sündigen?«

Und so wuschen an diesem Tag die Mütter im Dorf klagend die blutige Kleidung ihrer Söhne, gossen das trübe Wasser in den Fluss, gedrückt von schweren Gedanken und banger Sorge. Was würden sie tun, sollte es herauskommen, es war ihr Sohn gewesen? Dem Kind zuliebe, würden sie dieses Flittchen, diese Schlampe, sich ins Haus holen müssen.

Seit langem schon ließ sich Nachschun den Preis für ihre Decken in Eiern ausbezahlen, damit sie ihre Schulden bei Satho begleichen kann. Auch die Mädchen hatten von Beginn an für die Nächte mit ihnen Eier als Entlohnung verlangt. Und so wurden Eier für die Dorfeinwohner zu einer Maßeinheit für alles.

»Was für eine Nacht! Was für eine Nacht!«

»Kostet ja nur drei Eier, oder nicht?«

Oder:

»Ich habe einen Esel gekauft, für tausend Eier.«

»Oh, tausend Eier! Fast dreihundert Nächte sind das. Das ist teuer.«

Nach diesem Streit und der von Haruth erteilter Prügel hatten sich die Menschen allerdings wieder etwas zusammengerissen.

Am nächsten Morgen versammelten sich die Dorffrauen und fielen über Warso her, um die Wut in ihren Herzen zu beruhigen. Solches Getöse hat man hier nicht einmal dann gehört, wenn sich Gewitter über dem Dorf entluden und den Himmel sprengten. Die Frauen, die Schürzen mit Steinen befüllt, bewarfen damit Warsos Haus. Sie schlugen die Fensterscheiben ein, zertrümmerten die Eingangstür und rissen sie aus den Angeln. Warso flüchtete mit dem Königssohn auf dem Arm und versteckte sich im Tonir-Ofen.

»Komm raus, du Unbarmherzige!«, kreischten die Frauen, »wir haben gedacht, dass unsere Söhne Haus und Arbeit meiden, um zu dir zu rennen und deinen Geschichten zu lauschen.«

Dabei wusste der Königssohn weder von Anahit noch von dem Kind in ihrem Bauch. Aber als das herauskam, war es ohnehin schon zu spät. Egal, ob der Prinz nun im Moor versank oder ein Ungeheuer besiegte, für seine missliche Lage schuf es keine Abhilfe. Sieben Tage und sieben Nächte lang haben der Königssohn und sein Pferd hungrig und durstig in der Dunkelheit auf der warmen Asche des Tonir-Ofens verbracht. So lange hat es gedauert, bis Haruth es schlussendlich gelang, die Dorffrauen zu verscheuchen. Am siebten Tag kam Warso heraus, mit staubigen Füßen und getrübtem Blick.

»Liebe Leute«, sagte sie schuldbewusst, «der Prinz hat vierzig Ungeheuer besiegt, vierzig muss er noch besiegen. Er hat zu tun gehabt, musste Drachen töten. Woher hätte er wissen sollen, was hier vor sich geht.«

Die arme Warso ließ sich alles Mögliche einfallen, schickte den Prinzen aus der Unterwelt in das Himmelreich, ließ ihn durch ein Nadelöhr reiten und sich aus Engelsrufen ein neues Herz schmieden. Doch nichts half, um die Situation zu retten.

Es war nicht mehr möglich, herauszufinden, wer nun von den Burschen der erste war, aber eine der Zwillingsschwestern war schwanger. Die Frauen fassten Satho am Kragen.

»Satho«, sagten sie, »du schuldest uns ein Burdik. Damals hast du das grüne Burdik gekriegt, die Arbeit aber nicht zu Ende gebracht. Jetzt musst du deine Schulden begleichen. Erspare unseren Kindern das Schicksal, sich eine Schlampe als Frau nehmen zu müssen und für ein Bastard zu sorgen. Diese Schande ertragen wir nicht.«

Satho holte das Mädchen zu sich.

»Willst du ein Kind in die Welt setzen, das keinen Vater haben wird? Du weißt ja selbst, wie es ist. Bist du mit deinem Schicksal zufrieden? Ihr habt noch Haruth als Beschützer gehabt. Aber wer wird dein Kind beschützen? Diese Dreckskerle haben dichtgehalten, nicht einmal Haruths Seil hat ihnen ein Geständnis entreißen können. Keiner von ihnen wird sich um das Kind kümmern.«

Die junge Frau hörte auf Satho und ließ abtreiben. Es ging ihr jedoch von Anfang an nicht gut. Entweder hatte Satho die Bussardklauen oder die Entenfüße, mit denen sie die Frucht herauskratzte, oder ein anderes Werkzeug nicht gut entkeimt, sie zu kurz in Schnaps eingelegt. Oder sie hatte den Schnaps selbst getrunken. Wer kennt sich schon bei Satho aus? Mit einem Wort: In der Nacht wickelte Haruth die bewusstlose und beinahe ausgeblutete Anahit in einen Teppich, hievte sie aufs Pferd und ritt davon.

»Mitten in der Nacht«, Sisak schnappte nach dem Zügel, zog ihn an sich, drückte den Kopf des Tieres, das ihm dampfend ins Gesicht atmete, zur Seite und versuchte, sich Haruth in den Weg zu stellen, »die Berge wimmeln nur vor hungrigen Wölfen und sonstigen Biestern. Eine leichte Beute wärest du für sie. Sie stirbt so oder so. Außerdem … «, er stammelte kurz, »du riskierst dein Leben für eine Sünderin.«

»Bleib unbesorgt, ich war nie eine leichte Beute und werde sie auch nie sein«, versicherte Haruth ihm mit finsterer Miene und stieg mit der Teppichrolle im Arm in die Welt, um die junge Frau zu retten.

Und genau so, mit der Teppichrolle im Arm, kam er wieder zurück. Zu lange gewartet hätte man, wurde ihm gesagt.

»Was heißt hier, wir hätten zu lange gewartet?«, beruhigten ihn die Dorffrauen, »jemand, der auf diese Weise gezeugt wurde, muss auch so gehen. Man geht aus dieser Welt auf demselben Weg, auf dem man gekommen ist.«

»Bei so viel Schönheit … «, Satho versuchte, die Schuld von den Schwerstern zu nehmen, »wer hätte da die Reinheit bewahren können.

Dann fiel sie über die Jungen her:

»Verrotten sollt ihr, ihr verfluchten Rotzbengel. Die Schwänze sollen euch abfallen, ihr hirnlosen Böcke!«

Die Dorfleute bemitleideten Nachschun.

»Von so einer Mutter … und dann solche Töchter.«

»Natürlich ist es Nachschuns Schuld«, führte Ones Ursache und Folge zusammen, »so darf man nicht leben, so rein und unschuldig, wie eine Heilige. Daher hat Gott Gleichgewicht hergestellt.«

Und dann wieder:

»Wisst ihr, wessen Enkelkinder das sind? Nachschuns Vater, was für ein Mann! Täglich hat er den Hungrigen vierzig Schafe gespendet. Und ihr Verlobter, wisst er, was das für ein Mann war? Täglich hat er vierzig Kindern Lesen und Schreiben beigebracht. Und ihr Bruder! Und die Mutter… Eine Heilige war sie. Oder sie selbst … Und was für Schmandnocken hat sie gemacht! Was für Schmandnocken!«

Die Dorfleute stellten sich unter dieser Speise nichts weniger als in Schlangenmilch geschmorrtes Schmetterlingsfleisch vor, sagten aber trotzdem:

»Was bringt ihr jetzt ein einst reicher Vater oder kluger Verlobter? Ist nicht das ihr Erbe?«

Und sie zeigten auf Astghik, die, sobald sie herauskam, von den erstrahlenden Dorfburschen belagert und in ein fröhliches Gespräch verwickelt wurde. Und die junge Frau sprach mit den Augen zu einem, mit dem Mund zum zweiten, mit der Bewegung ihrer Hände zum dritten und mit dem Rücken zum vierten, führte die jungen Männer an der Nase herum und machte sie ganz verrückt.

»Jung sind sie … Wie soll man sonst sein, wenn man jung ist?«

Jedenfalls setzte Ones sich durch und versammelte eines Tages das ganze Dorf zum Schmandnockenessen.

Niemand vermutete natürlich, dass Ones nicht nur Schmandnocken nie gegessen, sondern auch nie welche gesehen hatte. Er hatte aber auf dem langen Fluchtweg andauernd davon gehört: Die Überlebenden hatten offensichtlich die falsche Richtung eingeschlagen, denn hier gab es nur einen Herrscher: den Sturm, der die Sonne verschlang und sich vom Himmel auf die Bergspitzen stürzte, die ihn durchstocherten. Aus seinem löchrigen Bauch blies er Schneeflocken auf die Erde, die sich in der nächtlichen Kälte verkrusteten und am nächsten Tag unter den Füßen knisternd zerbrachen. Im Frühling brauchte der Boden hier lange, um sich zu erwärmen und so wuchs hier alles langsam. Im Sommer verbrannte die Sonne diesen zarten Bewuchs, im Herbst riss ihn der Wind auseinander und im Winter verfaulte er zusammengepresst unter der frühen Schneedecke. Und so hatten sie sich den ganzen Weg lang von Flechten ernährt. Manchmal erwischten sie zusammen mit den Flechten Würmer oder Käfer, die zwischen den Zähnen knirschten. Sie sogen genüsslich an dem Zerkauten. Aber der bittere Geschmack der Flechten übertönte alles – die Würze der Insekten und den Appetit. Wenn jemand die derbe Bitterkeit der Flechten erbrach, sagte Nachschuns Vater mit sehnsüchtiger Wehmut:

»Mein Kind, was würde ich jetzt alles für deine Schmandnocken geben.«

Er hatte das so oft wiederholt, dass Ones beinahe der Überzeugung war, er habe schon von den Schmandnocken gegessen. Im Dorf angekommen, waren sie durch den Schmerz, den sie gemeinsam erlitten hatten, zusammengeschweißt und in aller Augen eine Familie geworden.

Nachschun rieb die Pfanne mit Sand und Asche, spülte sie unter eiskaltem Wasser, brachte sie über dem Feuer zu glühen und goss Butterschmalz hinein. Das Fett knisterte in der Pfanne, spritze in alle Richtungen und erkaltete sofort zu kleinen Kegeln, wo immer die Spritzer landeten. Nachschun ließ schneeweißes Mehl in die Pfanne rieseln. Das Mehl schwitzte und errötete im heißen Schmalz. Dann wusch sie ein Ei, schlug die Schale ein, quirlte den Inhalt zu einem weißen, flaumigen Schaum und gab ihn zum Mehl dazu. Das Ei zischte, schwoll augenblicklich im brennheißen Butterschmalz an und ging wolkenförmig auf. Nachschun wendete die weiche Masse ein paar Mal, briet sie kurz von allen Seiten goldbraun und stellte sie auf den Tisch:

»Lasst's euch schmecken.«

Die Versammelten aßen alles auf.

»Eine gewöhnliche Eierspeise ist das«, sagten sie, »nur mit Mehl.«

»Aber ihr bereitet sie anders zu, nicht so«, sagte Ones, »das ist keine gewöhnliche Eierspeise. Diese ist weicher und macht keine Bauchschmerzen«.

«Und?«, sagten sie, »wir bereiten sie noch besser zu, mit Honig. Aber egal, was du dazu gibst – Honig, Mehl oder Hundescheiße: Am Ende ist es eine Eierspeise. Nichts Außergewöhnliches eben.«

»Es gibt nichts Außergewöhnliches auf der Welt. Wir sind das Außergewöhnliche. Die Namen, die wir Dingen geben, die Augen, mit denen wir Dinge anschauen.«

»Eh, Ones, Ones, wäre nicht deine Zunge, hätten die Raben dir längst die Augen ausgestochen. Jemand, der Nachschuns Zwillinge als Armenierinnen durchgehen lässt, wird auch gewöhnliche Eierspeise als Schmandnocken verkaufen. Gegen dich ist noch kein Kraut gewachsen.«

Die glänzende grüne Eidechse hätte sich nicht verraten, wenn sie nicht den roten Schaft des verholzten Sauerampfers hinuntergeglitten wäre und seine verdorrten Samen nicht zum Rasseln gebracht hätte. Aber der Fehler war schon begangen. Wie ein schwerer Regentropfen fiel sie auf den Stein. Sie fühlte die knochige Handfläche des Deutschen, die sie umschloss. Doch ihr flinker Körper entwand sich ihr mit raschen flattrigen Bewegungen, wie ein eiliges Rinnsal – und verschwand, eingesogen von einem aufgespaltenen Stein. So blieb die einzige Beute des Deutschen der Schmerz, der vom Aufklatschen mit der flachen Hand auf den Stein zurückblieb. Zuerst lächelte er glücklich, spreizte leicht, ohne die Hand vom felsigen Stein zu heben, die Finger und spähte hindurch. Als er sah, dass die Finger dem Stein ohne die Eidechse gegenübergestellt waren, fing er an, die Hand wild hin- und herzubewegen, als wollte er den brennenden Schmerz ausschütteln.

»Macht nichts«, sprach er sich selbst Mut zu, »war nur ein winziges Ding, hätte nur für einen Bissen gereicht.«

Er rannte zum Fluss, um die glühenden Fußsohlen zu kühlen.

»Oh, Sonne, dich gibt es noch! Die Ewigkeit hat dich nicht ermüdet, Verfinsterungen haben dir nicht geschadet, du strahlst immer noch. Leg dich doch für ein paar

Minuten zum Schlaf hin. Auch die Wüsten wollen leben. Der geröstete Sand tut sogar dieser Ödnis weh und ich laufe mit nackter Haut drüber«, flehte der Deutsche die Sonne an und hob springend einen nach dem anderen die im Sand brennenden Füße hoch.

Er machte ein paar Schritte. Dann rannte er wieder zurück zum See, ließ die Füße für einen Augenblick im Wasser – das Gesicht verzog sich dabei zu einem glückseligen Lächeln – und lief weiter entlang des Ufers. Und immer wieder, wenn er die Berührung mit dem sonnenverbrannten Sand oder mit den glühenden Steinen nicht aushielt, lief er zum See. Es gab Tage, an denen er mehr Glück hatte. Manchmal fand er auf das Ufer gespülten, von den Schnäbeln der Raben zerstochenen, sandbestreuten Fisch, den er dann mit Freudeschreien in die Höhe hob und damit wedelte, damit auch seine Freunde ihn sehen konnten. Aber heute waren die Raben wohl hungrig, hatten die Fische zur Gänze selbst verspeist. Oder die Wellen hatten nicht genug Kraft, um das Innere des Sees ans Ufer zu spülen. Es war überall durchgehend gelb und sonnenumglänzt, auch dort, wo der Himmel blau hätte sein sollen. Und die Erde – war schwarz.

Der Polizeibeamte Wardanjan, sein Helfer Poghos und der Fahrer Sergo suchten sich Schutz vor der Sonne im Schatten des Lasters und beobachteten erheitert das sonderbare Gebaren des Gefangenen.

»Ruf ihn hierher«, scherzte der Polizeibeamte, »er soll herkommen, sonst fressen ihn noch die Frösche.«

Poghos krümmte die mittleren zwei Finger, steckte dann den Zeigfinger und den kleinen Finger in den Mund, wo er die Zunge schon eingerollt hatte, und ließ einen lauten Trillerpfiff ertönen.

Der Deutsche hat den Pfiff richtig gedeutet. Er fasste sich mit einer Hand an die errötete Stirn. Mit der anderen entriss er den Disteln seinen aus Zeitungspapier gefalteten Hut, den der Wind weggeweht hatte, und eilte hinauf. Während seine großen Zehen sich an den Steinen blutig schlugen, dachte er darüber nach, dass dieses Land ganz anders konstruiert ist: hier kommen zuerst die Knochen zum Vorschein, erst dann alles andere. Aus den inneren Bodenschichten ertönte der Ruf unterirdischer Wasserquellen. Diese strömten vorbei, bespülten die tiefen Adern des Gesteins, und ihre Kühle reichte lediglich, um die ausgebleichten weißen Steine zu erfrischen. Der Deutsche balancierte auf den Ballen. Den Blick zu den Steinen gerichtet war er sich sicher, dass er jede Minute eine sich durch die Erdschichten emporblinzelnde Wasserquelle entdecken oder noch einer Eidechse und – sollte er ganz viel Glück haben – einer Schlange begegnen würde.

Die Hitze machte ihm schwer zu schaffen. Im Gehen griff er immer wieder in die Brusttasche, tastete darin nach etwas, lächelte jedes Mal glücklich, wenn die Finger über die feste Papieroberfläche glitten und setzte den Kampf gegen die Sonne fort. Es gab Momente, in der Regel passierte es nachts, da holte er die Fotografie hervor, auf der zwei Kinder und eine Frau mit müden Augen abgelichtet waren, führte sie mit einem glücklichen Lächeln zu den Lippen, ohne darauf zu achten, wem in der Dunkelheit der Nacht sein Kuss gegolten hatte. Das war das Bild seiner Familie, das er geschafft hatte zu retten, trotz unzähliger Verhöre, Schläge und Entbehrungen und welches ihn durch den ganzen Krieg begleitet hatte, mit ihm in Gefangenschaft geraten war und nun zusammen mit ihm beharrlich gegen die kaukasische Sonne und armenische Felsen kämpfte.

Als er an seinem Fuß, der auf einem glühend heißen Stein stand, etwas Kühles und Nasses spürte und nach unten blickend darauf einen Frosch sah, wäre sein Herz vor Freude beinahe geplatzt. In diesem Augenblick spendete ihm der Frosch ähnlichen Trost, wie in einer ausweglosen Situation ein Gebet. Vorsichtig ging er in die Hocke und umschloss ihn mit der Handfläche. Dann richtete er sich in einer Siegerpose auf, hielt den Frosch in die Luft und zeigte seinen Freunden die Beute, die er an einem Bein haltend hin- und herschwenkte. Von dem Berghang, auf dem die Gefangenen standen, konnten sie vermutlich gar nicht richtig sehen, was er in der Hand hielt. Sie hatten jedoch verstanden, dass es etwas Essbares war und antworteten mit lauten Rufen. Einer fing sogar an, von den verdorrten Pflanzen Ähren abzubrechen und sie für ein späteres Feuer zu zerkleinern.

»Fritz … Fritz … «, schrie Sergo und deutete ihm mit dem Finger, näher zu kommen. Der Gefangene änderte die Gehrichtung und näherte sich ihm. Der Fahrer riss ihm den aus einer armenischen Zeitung gefalteten Hut vom Kopf, klappte ihn auf, breitete die Zeitung auseinander, indem er sie in der Luft schüttelte. Dann reichte er dem Deutschen eine *Prawda*.

»Da, nimm, mach dir einen russischen Hut«, scherzte er und hielt sich die armenische Zeitung vors Gesicht.

»Irgendwie müssen wir uns ja die Zeit vertreiben«, rechtfertigte er sich vor dem verwundert blickenden Polizeibeamten, »wenigstens die Bilder könnten wir anschauen.«

Der Gefangene blieb einen Augenblick neben ihnen stehen, deutete mit dem Finger in den weit geöffneten Mund, dann auf die Kehle und rieb sich die Brust.

»Was macht er? Hat er Hunger?«

»Nein«, mutmaßte Poghos, »Durst wird er wohl haben.«

»Du bist ja ein Trottel.«

Polizeibeamte Wardanjan schaute den Gefangenen an und wunderte sich.

»Schau doch! Drüben ... Ein ganzer See voll mit Trinkwasser.«

Der Gefangene wechselte verwundert den Blick vom Wasser zur in Richtung See ausgestreckten Hand und wieder zurück.

»Bei ihnen sind die Seen salzig.«

Zu seinen Freunden blickend erklärte der Polizeibeamte, bog die Finger so, dass sie mit der Handfläche zusammen eine Schale formten, deutete zuerst zum See, machte dann in der Luft eine ausholende Bewegung und führte die Hand zum Mund, dem Gefangenen auf diese Weise zu verstehen gebend, dass er aus dem See trinken soll.

Ob der Gefangene nun verstanden hatte, dass es sich um einen Süßwassersee handelte oder vielmehr dachte, dass er geneckt wird ... auf jeden Fall schaute er entsetzt zu den überall um ihn herum endlos ragenden Steinen, stellte sich vor, dass er sich die Füße wieder an ihnen verbrennend und blutig schlagend die gleiche Strecke zurücklegen muss und schien es zu bereuen, Durst gehabt zu haben.

Der Polizeibeamte holte aus dem Auto einen Becher und schritt zum See. Der dicken Sohle seiner neuen Stiefel hatten die Steine nichts entgegenzusetzen. Er ging hinein, so tief, wie es die Höhe der Stiefelschäfte ermöglichte, schöpfte mit dem Metallbecher Wasser aus dem

See, trank demonstrativ, füllte den Becher wieder voll und brachte ihn dem Gefangenen. Als der erstaunte Gefangene das Wasser trank, klopfte der Polizeibeamte zufrieden mit den Füßen auf den Boden, um sich von den Algen zu befreien.

»Und jetzt an die Arbeit«, sagte er, während er den Becher zurücknahm und mitleidig den Frosch anschaute, den der Deutsche noch immer an einem Bein hielt.

Die Üppigkeit, die sich ihnen bot, konnten die Deutschen gar nicht recht fassen: Was sie sahen, war ein verknöchertes Gerippe von Wellen, wie von alten Narben gebleicht, die, sich aneinander reibend, in unsichtbare Ferne strebten. Erstarrt in ihrer Unsterblichkeit und Unermesslichkeit waren auch die Steine, weit in die Erde getrieben, bis an ihr Herz, eine tiefe Kränkung, zusammengeballt, die die Erde nicht hinunterschlucken konnte. Es waren zahllose Steine und aus ihren gesprungenen Lippen sprossen an manchen Stellen Dornen oder huschten Eidechsen, so dass es aussah, als würde der Stein seine Zunge herausstrecken. Über den rötlichen Stirnen der Steinblöcke krümmten sich die roten Samen des verdorrten Sauerampfers zu einem Bogen.

»Dawaj, dawaj, schnelle«, rief von unten ermahnend der Polizeibeamte und die Gefangenen wagten es nicht, sich hinzusetzen, ihre Arbeit kurz zu unterbrechen oder Luft zu holen.

»Wozu brauchen wir diese Wüste?«, beklagte sich Poghos, »kann man nicht sinnvollere Flächen reinigen? Oder haben wir etwa nichts Besseres zu tun?«

»Wir haben den Befehl bekommen, dieses Grundstück vom Geröll zu befreien.«

»Vielleicht bekommen wir auch den Befehl, den Berg abzutragen«, murrte der Fahrer.

»Dann werden wir es tun«, herrschte ihn der Polizeibeamte an.

Die Sonne stach so feindselig vom Himmel, dass man alle ihre einstigen Wohltaten vergaß. Der Fahrer legte sich die großen Hände schützend auf den Kopf und lief Richtung Auto. Auch die Polizisten hielten es nicht länger aus und suchten Schutz im Schatten des Autos. Nur ab und zu gingen sie nach vorne, schauten zu den Gefangenen und riefen ihnen das einzige beleidigende deutsche Wort zu, das sie kannten:

»Schnelle, schnelle.«

Als die Sonne unerträglich wurde und nicht einmal die Liebe zum Vaterland dabei half, die siedend heiße Luft hinunterzuschlucken, band der Fahrer Sergo ein nasses Taschentuch an den Enden zusammen, legte es sich wie ein Diadem auf den Kopf und schlug vor:

»Wenn wir ihnen helfen, dann sind wir hier schneller fertig.«

»Was meinst du mit helfen? Das ist keine Arbeit für eine Stunde oder für einen Tag. Sollen wir ihre Gefangenschaft zu gleichen Teilen mittragen?«

Poghos holte eine Landkarte hervor, breitete sie auf dem Boden aus und fing an diese zu studieren, um sicherzustellen, dass sie den Auftrag richtig verstanden hatten.

Auch der Fahrer streckte den Hals Richtung Karte.

»Steck diesen Mist wieder ein«, schnauzte ihn Wardanjan verächtlich an, »wir sind aus dieser Gegend. Wir brauchen keine Karte, um zu verstehen, wo wir hingeschickt wurden.«

In das Donnern einer abgehenden Geröllawine mischten sich die entsetzten Schreie der Gefangenen. Alle drei sprangen aus dem Schatten hervor, um zu sehen, was passiert war. Genau in diesem Augenblick rollte zusammen mit den Steinen einer der Gefangenen den Berg herunter und blieb vor den Reifen des Lasters liegen.

»Ist er tot?«

Erschrocken sprang der Fahrer zu ihm.

»Keine Ahnung … wahrscheinlich«, stammelte der Polizeibeamte.

Er blickte zu den auf dem Berghang im weißen Geröll vor Angst erstarrten Gefangenen.

»Kommt herunter«, deutete er ihnen mit der Hand, »für heute reicht's.«

Sergo ging zur Fahrerkabine.

»Ich fahre ein Stück nach vor.«

»Wir sollten ihn begraben«, schlug Wardanjan vor und zeigte mit einer Kopfbewegung auf den Toten.

»Wie denn?«

Poghos schaute verzweifelt zu den rund um ihnen herum liegenden Steinen,

»Siehst du irgendwo zumindest eine Handvoll Erde?«

»Wir können ihn mit Steinen bedecken.«

»Sag's ihnen, sie sollen es tun.«

Wardanjan zeigte mit dem Kopf dieses Mal auf die Gefangenen.

Der Fahrer gab den Gefangenen gestikulierend zu verstehen, sie sollten den Toten unter den Steinen begraben, und fing dann selbst an, Steine und Schotter zu sammeln, um seinen Gebärden mehr Deutlichkeit zu verleihen.

»Sonst werden die Wölfe heute Nacht einen Grund zum Feiern haben.«

Betroffen vom Zwischenfall verkündete er nun auf Armenisch das drohende Unheil.

Die Gefangenen kamen verängstigt näher. Einer tastete die Schlagader des liegenden Kameraden und schüttelte mit schmerzerfülltem Gesicht den Kopf. Sie fanden etwas weiter eine tiefere Stelle, schleiften die Leiche dorthin, ließen sie hineinrollen und schütteten mit zitternden Händen eine Schicht kleiner, vom Boden abgekratzter Steinen darüber.

»Schnelle.«

Der Polizeibeamte deutete auf die Ladefläche und die Gefangenen schleppten sich zum Laster, zogen sich an den Seitengriffen festhaltend hoch und kletterten hinein.

Am nächsten Tag, als die Gefangenen gekommen waren, um die Arbeit fortzusetzen, kam zur Sonne noch der Wind dazu, der so heftig war, dass er einem den Atem verschlug.

Die Gefangenen standen dicht nebeneinander und wisperten sich etwas zu. Der Wind zerfetzte jedoch die ohnehin unverständlichen fremden Wörter. Es war unmöglich, etwas zu entschlüsseln, da der Wind nicht nur die einzelnen Wörter zerstückelte und verstreute, es mischte sich auch noch sein Heulen dazu. Wie sehr auch der Polizeibeamte sein Gehör schärfte, er konnte bis auf ein paar verstümmelte, abgewürgte Laute nichts vernehmen.

»Was ist denn mit denen los? Habt ihr ihnen etwa Schnaps gegeben?«, presste er schließlich verärgert den Mund dicht ans Ohr seines Assistenten, damit der Wind seine Worte nicht wegschnappt.

»Woher sollen wir Schnaps hernehmen?«, schrie nun der Gefragte seinem Vorgesetzen ins Ohr, »wir hätten ihn selbst getrunken.«

»Wieso sind sie dann so lebhaft?«

Dieses Mal formte Wardanjan die Hand zu einem Fächer und legte sie seitlich an den Mund.

»Die Leiche ist weg. Sie ist verschwunden. Vielleicht deswegen.«

»Was heißt sie ist verschwunden?«, brüllte er nun dem Wind direkt ins Gesicht und eilte zu der Stelle, wo sie den Toten gestern begraben hatten.

»Was habt ihr erwartet?«

Fahrer Sergo schüttelte bekümmert den Kopf.

»Wenn ein Wolf etwas zum Fressen findet, dann macht er keine Gefangenen.«

Seit über einem Monat nagten die Deutschen an dem felsigen Hang, um etwas Erde freizulegen. Jedoch wehte der Wind die vom Geröll befreite Fläche in der Nacht darauf wieder zu, oder die Steine lösten sich von selbst, rollten donnernd herunter und vereinnahmten neue Flächen. Sie überließen der Sonne als Beute offen gelegte Wurzeln der Disteln oder die Verstecke kleiner Nagetiere. Wenn die Gefangenen zurückkamen und an der am Vortag gesäuberten Stelle einen Geröllberg vorfanden, verkrampften sich ihr Inneres vor Entrüstung. Und alles begann von Neuem, end- und pausenlos. Vergeblich, wie das Abmühen eines Hamsters im Laufrad.

»Hör mal«, flüsterte einmal Poghos dem Fahrer ins Ohr, »siehst du auch, dass sich an den Gefangenen etwas verändert hat?«

»Nein, was ist denn anders?«

»Mir kommt es so vor, dass der eine etwas zugenommen hat.«

»So ein Blödsinn«, prustete Sergo vor Lachen, »von dem, was ihr ihnen zu essen gebt?«

»Ich könnte schwören. Schaue dir mal den Jüngeren an. Die Finger sind dicker geworden, der Hals auch. Sonst wären sie auch gleich am ersten Tag zum Fraß für die Wölfe geworden, wie der andere.«

Wardanjan stieg aus der Fahrerkabine aus.

»Dass es euch nicht zu blöd ist, bei der Hitze so viel zu quatschen«, kam er auf sie zu.

»Wenn du nur wüsstest, was dein Freund hier erzählt«, spöttelte der Fahrer.

»Was erzählt er denn?«

»Er sagt, wir hätten den Deutschen so viel Braten und Kuchen gegeben, dass sie zugelegt haben.«

»Zugelegt, genau«, bespöttelte nun Wardanjan die Beobachtung seines Assistenten, »sie werden sich hier noch einen Bauch wachsen lassen.«

Er ging nach vorne und rief zu seinen Freunden, ohne sich umzudrehen:

»An der Stelle ist das Ufer etwas sandiger. Habt sie im Blick. Ich gehe kurz schwimmen, der Wind hat sich gelegt«.

Die Knöpfe seines Hemdes lösend, ging er zum See.

»Wir sind nicht deine Lakaien.«

Der Assistent suchte sich Platz im Schatten des Lasters im schütteren Gras.

»Ich lege ein Schläfchen ein. Meine Frau und ich konnten nachts nicht schlafen, das Kind war krank.«

Nach nicht einmal zwanzig Minuten kam Wardanjan nach Luft ringend zurück:

»Ihr wisst nicht, was ich gefunden habe!«

»Einen Krug voll mit Gold?«

Poghos stützte sich verschlafen auf die Ellbogen und bespöttelte nun seinen Chef.

»Ein Grab«, verkündete Wardanjan laut schreiend.

»Warum bist du so aufgeregt? Wir leben in einem alten Land. Wenn wir hier nur einen halben Meter tief buddeln, dann finden wir nicht nur ein Grab sondern einen ganzen Friedhof«, sagte der Fahrer Sargo achselzuckend.

»Aber es ist nicht alt, verstehst du? Es ist neu, noch aus unserer Zeit!«

»Woher willst du das wissen?«

»Ich weiß sogar, wer den Grabstein gefertigt hat. Das ist das Werk von Hratsch aus Gawar. In dieser Gegend ist er der Einzige, der Kreuzsteine macht.«

»Willst du jetzt auch noch Hratsch in Schwierigkeiten bringen? Als hättet ihr nicht genug Priester in die Verbannung geschickt. Auf der ganzen Welt gibt es nur mehr die Kreuze, die Hratsch meißelt. Du willst wohl ihn auch loswerden?«, schmetterte der Fahrer ihm verächtlich entgegen.

»Es geht hier nicht um Hratsch«, erwiderte Wardanjan gekränkt, »ich rede von was anderem. Wenn das Grab neu ist, dann leben hier Menschen. Wozu müssen wir dann in der Hitze vergehen.«

»Das ist unmöglich«, richtete sich Poghos im Gras auf, »wer kann sich vor sowjetischen Behörden verstecken? Wir sind hier in der Gegend aufgewachsen. Wir hätten es sonst gewusst. Wer weiß, vielleicht war das ein Selbstmörder.«

»Es war früher so, dass man Selbstmörder woanders begraben hat, mit dem Gesicht nach unten.«

Gott bewahre, dachte der Fahrer und bekreuzigte sich insgeheim in Gedanken.

»Genau das meine ich. Wahrscheinlich hat man den Toten hier heimlich begraben, damit Wölfe über seinem Grab heulen.«

»Aber würde jemand am Grab eines Menschen, der das ihm geschenkte Leben einfach so wegwirft, als würde er dem Himmel ins Gesicht spucken … wer bitte lässt so einem Menschen einen Kreuzstein meißeln?«

Die Zweifel am kryptischen Grab zwangen Wardanjan sich umzudrehen und zurückzuschauen, Richtung Kreuzstein.

Seit diesem Tag wurde das Grab zu einem Hirngespinst für Wardanjan. Es verfolgte ihn überall, wie der eigene Schatten, sogar noch hartnäckiger, denn der Schatten verschwindet, sobald die Sonne untergeht, sodass man zumindest nachts Ruhe hat. Das Grab geisterte jedoch Tag und Nacht in seinen Gedanken. Wieso beschäftigte ihn ausgerechnet dieser Stein unter so vielen Steinen? Weil er Form und Inhalt hatte? Verstand er etwa nicht, dass die Zeit gleich Form ist und die Form nichts anderes als ein Zaun, ein Käfig! Waren etwa diese unvergänglichen Felsen – in Stein gegossene Zeit – nicht genauso viel wert, wie ein Felsblock, dem durch einen Menschen belanglose Bedeutung eingehaucht wurde? Er selbst fand keine Antwort darauf und eilte zum Grabstein, der wie ein Knochen aus dem Berghang gewachsen war. Was war der Grund für sein hingebungsvolles Interesse? War das die Versuchung, sich einer entschwundenen Existenz anzunähern? War es Neugier, ein Zauber, der vom Kreuzstein ausging, oder der gekränkte Stolz eines Polizisten, dessen wachen Augen etwas entwichen war?

»Seit Hunderten von Jahren hat in dieser Gegend keine Seele gelebt. Wo bist du hergekommen? Wann hast du gelebt und wann bist du gestorben?«, sprach er in Gedanken zum Kreuzstein.

Er brachte die Gefangenen zum Ausgangspunkt, befahl ihnen, die umliegende Fläche von Steinen zu befreien, schrie hin und wieder »Schnelle, schnelle« und ging selbst zum Grabstein, um ihn zu studieren.

»Wer bist du, du arme Seele«, sagte er, während er um den Kreuzstein herumging, »wann hast du gelebt? Wann bist du gestorben? Bist du eine Frau oder ein Mann? Ein Greis oder ein Kind? Weder eine Jahreszahl noch ein Bild hast du zurückgelassen. Was soll ich nun mit dir machen?«

Er untersuchte den Grabstein von allen Seiten.

»Wessen Knochen schwinden unter deiner Schwere, du gesegnetes Ich?«

Die Freunde machten sich über ihn lustig. Sobald er in Richtung Kreuzstein aufbrach, gab der Assistent dem Fahrer Sergo einen Seitenhieb.

»Er geht wieder zu seiner Geliebten.«

Dabei lachte er verstohlen.

»Wardanjan«, rief hinter ihm lächelnd der Fahrer, »wann heiratet ihr endlich?«

Wardanjan reagierte aber nicht auf den Spott. Er hatte keine Lust, sich darauf einzulassen. Die Neugierde ließ ihm keine Ruhe. Er scheute sogar nicht den Aufwand und fuhr nach Bajaset, machte das Haus des Steinmetzen Hratsch ausfindig. Dieser war aber – das Werkzeug lag noch ordentlich aneinandergereiht entlang der Hausmauer – vor einem Monat gestorben. Er kehrte bitter enttäuscht zurück.

»Wer bist du, der die Nichtigkeit meines Daseins bezeugt und existiert, unabhängig von meiner Existenz?«

Er kniete vor dem Kreuzstein und legte die machtlose Hand auf das Grab. Er war sogar ein paar Mal nachts zum Grab gekommen. Den umherstreifenden Hyänen schenkte er keine Beachtung. Heimlich kam er, aus Angst, dass ihn bei längerem Aufenthalt tagsüber jemand sehen könnte. Oder gar seine Freunde es an die notwendigen Stellen melden würden und er der Würdigung eines Kreuzes bezichtigt werden könnte. Er studierte den Schatten, den der Kreuzstein zur unterschiedlichen Tageszeit abwarf, die Risse, die ihn durchzogen oder die

Flechten, die ihn bedeckten – und wurde daraus trotzdem nicht schlau. Nichts konnte seine Qualen mildern. Das Einzige, was an die einstige Anwesenheit eines menschlichen Wesens erinnerte, war eine kleine Weihrauchschale aus Ton, die umgedreht unter dem rechten Eck lag. Aber was konnte eine feuergeschwärzte Tonschale verraten?

An jedem der folgenden Tage, durchweg, sofort nach dem Ankommen, schickte er die Gefangenen mit »Schnelle-Schnelle«-Rufen an die Arbeit und eilte selbst, sobald er bemerkte, dass seine Freunde im Schatten des Lasters eingenickt waren, heimlich zum Wiedersehen mit dem Grab. Der Fahrer fand es unterhaltsam, während Poghos sich um den Gesundheitszustand seines Vorgesetzten Sorgen machte.

»Ist er verrückt geworden?«

An diesem Tag war Wardanjan ganz außer Atem, als er zurückkam, einen verängstigten Blick auf seine Freunde warf und sich hinsetzte:

»Ich schwöre«, lachte der Fahrer, »ich würde nie im Leben mit euch Polizisten tauschen wollen. Der eine hat Wahnvorstellungen wegen eines Grabs, der andere behauptet, die Gefangenen wären dick geworden.«

Benommen von der Sonne holte Sergo aus der Fahrerkabine einen Beutel und machte ihn auf:

»Ich werde jetzt essen«, verkündete er laut.

Er breitete auf dem Boden Zeitungspapier aus und ordnete das Essen aus dem Beutel darauf an.

»Jetzt glaube ich es!«, schrie Wardanjan plötzlich auf, »Ich glaube, dass sie zugenommen haben. Jemand gibt ihnen heimlich etwas zu essen. Es lebt hier jemand, das sage ich euch.«

»Wieso überprüfst du es dann nicht«, erwiderte Sergo höhnisch, »du hast doch eine Waffe, oder?«

»Poghos hat auch eine Waffe, nicht wahr, Poghos?« Wardanjan schubste den eingenickten Assistenten.

»Meine bekommst du auch, dann hast du zwei Pistolen. Du musst über Nacht hierbleiben und alles überprüfen.«

»Ich sage euch ja, mein Kind war krank und hat uns die ganze Nacht wach gehalten.«

»Keine Sorge, ich werde heute Abend zu dir nach Hause gehen. Ich nehme Süßigkeiten und einen Arzt mit und werde sagen, dass sie diese Nacht auf dich nicht warten sollen. Und am Morgen bringe ich Verstärkung mit.«

»Lass mich in Ruhe. Ich bin nachts um vier ins Bett gekommen und habe um sechs aufstehen müssen. Ich möchte etwas schlafen.«

»Ich mache keine Witze. Die Partei will, dass wir handeln.«

»Wenn sie es so will, dann bleib du doch hier.«

»Wie bitte? Ich werde einen Bericht schreiben … an die zuständige Adresse, und allen sagen, dass du dich geweigert hast, den Befehl der Partei auszuführen.«

Der Assistent richtete sich auf und saß nun aufrecht: »Wardanjan-dschan«, sagte er erschrocken, »du hast wohl schon vergessen, dass der Verstorbene von Wölfen geholt wurde? Um den Faschisten war es uns vielleicht nicht schade, aber ich habe drei Kinder zu Hause.«

»Das Vaterland verlangt nach Aufklärung. Du musst bleiben und herausfinden, wieso die Gefangenen dicker werden.«

Poghos tat dem Fahrer leid.

»Man könnte vielleicht die Gefangenen auch hier lassen. Es ist nicht notwendig, sie jeden Tag hin- und herzufahren. So ersparen wir uns die Arbeit und Poghos muss nicht allein die Nacht hier verbringen.«

»Das geht nicht«, widersprach ihm Wardanjan, »es wird schriftlich dokumentiert, dass sie von mir am Ende des Tages abgeliefert und am nächsten Tag wieder abgeholt werden.«

»Hab' keine Angst«, Sergo drehte sich zu Poghos, um ihn etwas aufzuheitern, »in dieser Gegend gibt es keine großen Tiere, nur Wölfe und Bären. Hör auf meinen Rat und warte nicht, bis die Wölfe dich fressen. Friss du sie lieber zuerst.«

Beim letzten Satz machte Sergo sich eine feste Rolle aus Lawasch und biss lustvoll hinein, wie ein hungriger Wolf. Die Polizisten machten es ihm nach und wickelten sauer eingelegtes Gemüse und gekochte Kartoffeln in ihre Lawasch-Fladen.

»Wollen wir nicht denen auch was davon geben?«, schlug Sergo vor und deutete auf die Gefangenen. »Wer soll denn das alles essen? Außerdem gehen sonst die Eier kaputt.«

»Die kriegen gar nichts. Sie sollen rackern und für Hitlers Sünden Buße leisten.«

Wardanjan griff wütend nach dem Gemüse und den Eiern.

»Ich werde alles aufessen, mir schmeckt's.«

»Wie du meinst.«

Der Fahrer richtete sich auf, blickte mitleidvoll in Richtung der Gefangenen und erstarrte. Ruckartig setzte er sich wieder hin. Dann stand er erneut auf und schaute wieder.

»Aus der Höhle drüben hat gerade jemand gewunken.«

»Im Ernst?«

Nach der Waffe greifend sprang Wardanjan auf.

»Schnelle, schnelle, kommt sofort herunter«, rief er laut und wäre beinahe in Ohnmacht gefallen als er realisierte, dass die Gefangenen weg waren, einfach verschwunden. Da mussten Spürhunde her.

Der bucklige Pfannenflicker klopfte an Sathos Haustür genau zur Mittagszeit, als die langgestreckten Sonnenstrahlen die wie fette Schafhintern wirkenden Moospolster in der Schlucht streichelten. Satho hatte so viele löchrige Töpfe und Pfannen zu flicken, dass ihr nicht einmal folgender Gedanke in den Sinn gekommen war: »Bis heute hat keine Schlange mit ihrem Bauch und kein Huhn mit seinem Flügel die Dorfgrenze gestreift, wie ist denn dieser Fremde hierher gekommen?«

Während der Bucklige sein Werkzeug auf den sonnengewärmten Steinen arrangierte, lief Satho zum Brunnen und rief, die Arme in die Hüften gestemmt, die Dorffrauen herbei, damit sie ihr kaputtes Kochgeschirr bringen. Als sich bereits ein paar der Frauen versammelt hatten, stellte sich heraus, dass die Sprache des Fremden weder Türkisch noch Arabisch noch Persisch war. Da bekamen die Frauen Angst, weil niemand wusste, warum er gekommen war. Die Nachricht wurde Haruth überbracht.

»Wahrscheinlich ist er Russe«, schlussfolgerte Satho, die sobald Haruth erschienen war, mutiger wurde.

»Russe, Russe«, wiederholte der Pfannenflicker euphorisch.

Haruth rief Wasgen zu, der in seinem Garten arbeitete: »Du hast einmal unterwegs einen russischen General getroffen und du hast gesagt, du könntest auf Russisch lachen. Kannst du auch auf Russisch sprechen?«

»Klar, kann ich das.«

»Dann frag diesen Mann, wieviel er für die Reparatur der Töpfe verlangt.«

»Das kann ich nicht«, rief Wasgen aus der Tiefe seines Gartens zurück, »ich kann nur zwei Wörter sagen und die brauche ich für meine Töpfe.«

Die Frauen brachten lachend, scherzend und sich gegenseitig schubsend ihr Geschirr und türmten es vor dem Pfannenflicker auf. Der Russe war fleißig und arbeitete gewissenhaft. Daher entschied sich Satho, für ihn zu kochen.

»Das Wichtigste ist der Schnaps, den habe ich.«

Zuerst wollte sie ihm nur eine Eierspeise machen, dann überlegte sie es sich jedoch und beschloss, für den weitgereisten Gast einen Hahn zu schlachten.

Der gackernde Hahn schmeckte hervorragend im Eintopf. Satho setzte sich zu Haruth und dem Pfannenflicker an den Tisch. Es wurden keine Trinksprüche gesprochen. Satho legte dem Gast von dem herzhaften Gericht nach, Haruth füllte zügig die leergetrunkenen Schnapsgläser. Beide hatten jedoch ein banges Gefühl. Wer war der Fremde? Nach dem Essen nickte der Gast kurz ein, gerade so lange, wie Haruth für seine Arbeit brauchte, um ihn dann in die Welt zu bringen.

»Dein Werkzeug ist schwer, ich bringe dich auf meinem Gespann hinunter, du musst dich nicht abmühen«, erklärte ihm Haruth in einer Mischung aus Wörtern und Gebärden.

Satho warf Haruth einen zustimmenden Blick zu und widmete sich ihren Geschäften, während sie auf Haruths Karren warteten.

Kurz vor Sonnenuntergang hielt Haruth seinen Wagen vor Sathos Haustür, wartete, bis der Pfannenflicker sein Werkzeug sorgsam eingeladen hatte und fuhr mit ihm davon.

Nein, er hat ihn nicht getötet. Er hat ihn bloß an Händen und Füßen gefesselt und in eine Kartoffelgrube geworfen.

Haruth schob seine Fahrt in die Welt weiter hinaus. Satho blieb auf ihren vielen Eiern sitzen und zupfte nun einigen Hühnern das Gefieder am Bauch heraus, um sie zum Brüten zu bringen - die frisch gelegten Eier sollten ihre nackte und kalte Brust wärmen und den Mutterinstinkt wecken. Plötzlich stürmten einige Dorfkinder vor Erregung keuchend zu ihr ins Haus:

»Satho, schnell, komm mit. Warso stöhnt und stammelt wirres Zeug. Sie könnte bald sterben.«

Satho ließ sich im ersten Augenblick von ihrer Arbeit nicht abbringen. Sie hatte Warso vor Kurzem gesehen, als sie an die Steinmauer gelehnt stand, die dicken Beine weit gespreizt, und an ihrer Pfeife zog. Jetzt drehte sie den Kopf zu der Kinderschar und sah dabei, wie in der Mitte des Innenhofs ein Hahn gerade eine der Hennen bestiegen hatte – ihren Kopf unter sich zu Boden niederdrückend – und sie begattete. Sie sah so lange zu, bis der Hahn, mit den Flügeln flatternd und mit den Schwungfedern die Luft streichelnd, zum Höhepunkt kam und sich entfernte. Dann blickte sie ruhig zu den ungeduldig wartenden Kindern, ließ das in ihren Händen gackernde Huhn frei, das mit seiner nackten Brust einen traurigen Anblick bot, wie ein kahler Berg nach der Schneeschmelze. Sie schüttelte die Arme aus, um an den Fingern klebende Federn zu lösen und wischte zum Schluss die

Hände am Bauch ab. Mit faltiger Haut überzogen, strahlten sie mehr Weisheit aus als ihr von Runzeln überwuchertes Gesicht.

»Das macht nichts, Kinder«, sagte sie und bewegte stöhnend die morschen Knie, »Warso hat die Neunzig überschritten und klopft bald an die Hundertertür. Der Tod wird ihr jetzt besser stehen.«

»Aber wer soll dann das Märchen zu Ende erzählen? Der Königssohn steht gerade vor einem hohen Berg. In der Westentasche hat er einen Spiegel, einen Kamm und ein Schwert. Auf den Boden geworfen, wird der Spiegel zu einem großen See, der Kamm, in die Weite geschleudert, zu einem undurchdringlichen Wald. Und mit dem Zauberschwert kann der Prinz einen Berg in der Mitte durchschneiden. Er wartet aber auf sein Pferd, damit er sich mit ihm beraten kann. Und ausgerechnet an dieser Stelle muss Warso sterben?«

»Und was ist mit dem Pferd?«

»Das Pferd hat sich auf dem Weg zur Wasserstelle im Gestrüpp verlaufen. Warso muss es befreien.«

»Arm ist jedes Pferd, das auf Warsos Hilfe angewiesen ist.«

Mit diesem einfältigen und langatmigen Märchen hielt Warso seit vielen, vielen Jahren – fast ein ganzes Leben lang – die Einbildungskraft der Dorfeinwohner wach.

»Was wird wohl am Ende passieren?«, fragten die Menschen sich gegenseitig.

»Was wird passieren? Der Junge wird dem Drachen den Kopf abschlagen.«

»Aber so enden viele Märchen, das ist doch nichts Neues.«

»Na und? Warum kann nicht auch dieses Märchen so zu Ende gehen? Sind nicht alle Märchen gleich?«

»Wäre dieses Märchen anderen ähnlich, würde es sich nicht so hinziehen. Dieses hat bestimmt ein anderes Ende!«

Wenn Mütter ihren Kindern oder anderen Familienmitgliedern etwas anschafften und diese zu lange ausblieben, machten sie sich Sorgen:

»Wo stecken sie denn? Brauchen sie so lange, wie Warsos Märchen?«

Begegneten die Dorfleute Warso, scherzten sie:

»Warso, was ist nun mit dem Königssohn? Ist er immer noch auf Reisen?«

»Ja, ist er«, bestätigte sie, während sie den Tabakrauch in die Luft blies und die schwarzen Kringel aufmerksam studierte.

»Nach so langer Zeit hätte er schon ein Königreich erobern und ein anderes selbst gründen können, hätte er schon längst heiraten sollen und zehn Kinder haben, und hätte schon längst den Drachen köpfen müssen … «

»Und wieso soll er das tun, was du von ihm erwartest?«

Warso wurde zornig.

»Warum soll er nach deiner Pfeife tanzen? Mach doch das alles selbst und lass ihn in Ruhe. Er ist ein freier Mensch und kann tun und lassen, was er will.«

»Liebste Warso, dein Märchen zieht sich nun länger hin als jeder Pfad, der sich in den Bergen verliert. Wie kann man den Schluss einer Geschichte so lange aufschieben, was kommt nun am Ende?«

»Eh … «, Warso machte eine verachtende Handbewegung, »das Ende kommt auch ohne unser Zutun.«

»Ach, Warso! Ob das alles stimmt, was du erzählst? Eine Lügengeschichte tischst du uns auf.«

»Und? Wieso sollte ich allen anderen nachstehen? Das

ganze Leben ist verlogen. Ich mische nur meinen Teil dazu. Was ist schon dabei?«

Schon an der Türschwelle roch Satho den nahenden Tod, zog den am Gaumen klebenden bitteren Geschmack durch die Nase hoch und hüstelte. Sie schlug die Augen mehrmals auf und zu, damit sie sich schneller an das Licht gewöhnen und wisperte:

»Holt schnell Haruth.«

Haruth holte aus der Truhe unter dem Bett einen Granatapfel – einen anderen hatte er Nachschun geschenkt, nachdem er das letzte Mal aus der Welt zurückgekommen war –, steckte ihn ein und machte sich auf den Weg. Die Kinder umringten das Holzbett und flehten Warso an:

»Warso-dschan, so lange warten wir schon, bitte stirb nicht, ohne uns das Ende der Geschichte zu verraten, erzähl uns unbedingt, wie das Märchen ausgeht, erst dann … «

»Uff.«

Warso stöhnte, der Schwere auf ihrer Brust längst überdrüssig.

Als Warsos Nachbarin den hereinkommenden Haruth sah, flüsterte sie:

»Wir haben sie zurückgeholt.«

»Warum?«

Haruth stellte sich für einen Augenblick das übliche schrille Klagegeschrei und Schluchzen vor, diese grellen Frauenstimmen, die Warsos abgequälte Seele umklammerten.

»Der Armen haben die Türken das Leben geraubt und ihr raubt ihr nun den Tod. Zumindest das hätte man ihr gönnen sollen.«

»Keine Ahnung.«

Die Frau ließ schuldbewusst die Schultern hängen.

»Die Kinder wollten unbedingt das Ende der Geschichte erfahren, und sie wollte gehen, ohne es ihnen erzählt zu haben.«

Warsos Nachbarinnen und andere Dorfeinwohner hatten sich um das Bett versammelt und klagten laut über den Tod der noch lebenden Greisin; sie sollte jetzt hören, was sie ihnen bedeutete – was würden ihr die Klageschreie nach dem Sterben bringen?

»Warso-dschan, gibt es denn nichts, was du uns zu sagen hast?«

Waghinak, der Hirte, warf einen scharfen Blick auf die zeternden Frauen.

»Was soll ich euch sagen?«

»Warso-dschan, was ich meine … sollte dir, Gott bewahre, etwas zustoßen, vererbe mir dein Märchen, überlasse mir das Recht, es zu Ende zu erzählen.«

»Nein, Bruder, bleib du lieber bei deinem Stock und bei deiner Herde. Mein Märchen hat ein besseres Schicksal verdient.«

»Um die Wahrheit zu sagen, Warso-dschan, finde ich, dass du den mittleren Königssohn über die Maßen quälst«, ärgerte sich Waghinak, »warum muss er einem Ungeheuer in die Falle tappen, einen Berg in der Mitte durchschneiden, ständig gegen jemanden kämpfen? Warum kann er das Leben nicht genießen? Mach mich zum Erben deiner Geschichte, dann werde ich um unseren Jungen prächtig sorgen – ich werde ihn und das Pferd mit Flügeln ausstatten, ich werde sie schweben und in den Himmel aufsteigen lassen.«

»Das kann ich nicht«, den kalten Schweiß des nahenden Todes von der Stirn streifend, wies sie ihn jäh zurück, »der Junge wird am Boden gebraucht.«

»Überleg' es dir gut, Warso«, der Nachbar ließ nicht ab, »ich werde dem Jungen übermenschliche Eigenschaften verpassen – er kann selbst entscheiden, ob er auf der Erde bleibt oder in den Himmel steigt.«

»Du hast eine blühende Fantasie«, mühevoll presste Warso mit krächzender Stimme dieses Lob heraus, »wenn du so klug bist, dann erfinde dein eigenes Märchen.«

»Mir ist schade um dieses Märchen – so viele Jahre begleitet es uns. Und dem Jungen haben wir beim Großwerden zugesehen. Warso-dschan, wenn es schon etwas gibt, wozu mit etwas Neuem beginnen?«

»Du kannst dich als Zuhörer von dem Märchen nicht trennen und trauerst dem Prinzen nach, was soll ich dann sagen? Ich habe es erschaffen, habe es über die Jahre weitererzählt und so weit gebracht. Und nun soll ich es in deine Hände legen und verpfuschen?«

»Warso-dschan, so geht es nicht. Dieses Märchen ist unseres gleichermaßen, wie es deines ist. Wenn du niemanden damit beerben willst, dann erzähl uns, wie es ausgeht!«

»Irgendwann sage ich es euch. Wozu die Eile?«

»Wann soll es denn noch sein?«

Haruth kam näher, beugte sich über dem Kopfteil des Betts – er erkannte die von Nachschun bestickte Decke –, ließ den Granatapfel vorsichtig in Warsos kraftlose Hand rollen und sagte mit einem tiefen Seufzer:

»Warso-dschan«

»Warsenik«

Zum ersten Mal, seit sie ins Dorf gekommen war, wollte sie mit ihrem richtigen Namen angesprochen werden.

»Ab jetzt wirst du Warsenik zu mir sagen«, trug sie Haruth, der über ihrem Kopfkissen gebeugt stand, ihren Willen auf.

»Warsenik«, wiederholte Haruth und verspürte im Mund einen ungewöhnlichen Geschmack, den der fremd klingende Name hinterließ. »Warsenik-dschan, hab doch Mitleid mit diesen Kindern. Die warten mit gestreckten Hälsen auf dich. Erzähl ihnen das Ende und lass sie nach Hause gehen. Oder erlaube ihnen, dass jeder sich sein eigenes Ende ausdenkt. Sie sind doch arm.«

»Nein«, sagte Warso, »der Königssohn hat genug gelitten. Er beklagt sich gar nicht, ist aber auch ein Mensch. Die langen Reisen haben ihn zerrieben. Ich nehme ihn mit, damit er sich ausruhen kann.«

»Warsenik, du bist kein kleines Kind mehr, ich auch nicht. Wenn du nicht willst, dass alle das Ende erfahren, dann erzähle es nur mir. Wir sind schon so lange seine Weggefährten, haben wir es nicht verdient, das Ende zu hören? Schaue dir doch diese armen Kinder an, wie sie die Hälse verrenken und dir an den Lippen hängen. Sag uns, was wird noch passieren?«

»Ich werde es euch erzählen«, versicherte Warso, »du musst mich dafür einmal auf dein Gespann nehmen und zum See bringen.«

Erstaunt und zwiegespalten schaute Haruth zu den anderen.

»Warsenik«, lachte er, «hätten diese Frauen nicht so laut zum Himmel gekreischt, würdest du schon längst vor Gottes Füßen sitzen. Du bist kurz davor, deine Seele auszuhauchen und willst, dass ich dich noch irgendwohin bringe?«

»Wie du meinst«, presste Warso mit großer Mühe aber entschieden heraus.

»Onkel Haruth«, die Kinder umringten nun ihn, »wenn es ihr nichts ausmacht, warum sorgst du dich dann? So erfahren wir endlich das Ende!«

»Das ist der letzte Wunsch der Sterbenden«, beharrten nun auch die Frauen.

Haruth schaute zu Warso.

»Gut«, sagte er.

Er nahm sie samt Bettzeug hoch, setze sie auf sein Gespann und drehte es in Richtung See. Als auf dem Weg die Räder gegen ein paar Steine aufschlugen und der Wagen stoßartig wackelte, streckte Warso den Kopf hoch und schaute zufrieden um sich - stolz darauf, dass sie sich das Recht, das Dorf zu verlassen, erarbeitet hatte – und ließ den Kopf zurück auf das Kissen fallen.

»Eh, Warso, Gott soll über dich richten«, seufzte dem Wagen hinterherblickend der Hirte, »schließlich wird sie Haruth mit dem Ende betrauen. Wer sind wir, dass sie uns ihr Vermächtnis hinterlässt.«

Glitschige Algen, aus dem Wasser ragende poröse, fleckige Steine, vom Wind gezauste, schüttere Wellen, die hartnäckig gegen glatte Felsbrocken schlugen, als wollten sie diese vom Boden lösen und mitnehmen. In der Tiefe rangen die kalten und unruhigen Wasserschichten mit dem Wind. Dieser zog sie zu Wellen geformt hoch und zerkaute sie, wie Hexen das Blei. Die verwitterte Felswand am Ufer des Sees bestand nur noch aus losen Brocken, die bereit waren, wagemutig in die Tiefe zu stürzen, bis zum Seegrund, um mit ihm zu verwachsen. Aber noch ließen sie sich von den Wellen peitschen und glattschleifen und zwischen ihnen tummelten sich Möwen.

»Was es alles am Himmel gibt!«, Warso streckte die Hand zuerst zum Himmel und ließ sie dann in Richtung See fallen. »Und was es alles auf der Erde gibt … wir aber haben vom Reichtum Gottes nur seine Einsamkeit geerbt.«

Warso vergaß, dass Haruth dabei war. Sie schaute zum Sewansee und versank im Selbstgespräch.

»Warsenik, betest du zum See?«, wunderte sich Haruth.

»Das ist kein See, Haruth-dschan, es ist das Überbleibsel von Noahs Flut. Das ist der letzte Schluck von Gottes Zorn. Und weißt du warum? Weil es noch genug Sünden gibt in der Welt, die reingewaschen werden müssen, es gibt noch genug Gründe, um sie zu überschwemmen. Die Erde trägt die Schuld für unser vergossenes Blut, sie muss reingewaschen werden.«

»Ach, Warsenik – du redest naives Zeug! Was kann ein See ausrichten?«

»Man kann Blut nur mit Wasser reinwaschen«, seufzte die Alte, »das war immer schon so – Blut wäscht man mit Wasser aus.«

»Wenn ein Mensch so naiv ist wie du, dann ist das möglicherweise sogar tugendhaft. Wenn aber ein ganzes Volk so naiv ist, dann ist es ein erheblicher Nachteil. Es ist eine ungünstige Charaktereigenschaft von uns zu glauben, dass Blut reingewaschen werden kann, während andere es trinken«, sagte Haruth. »Also, Warsenik-dschan, erzähl mir das Ende deines Märchens, erzähl mir, was am Ende mit dem Königssohn geschieht.«

»Wenn ich es wüsste, Haruth-dschan«, schwor Warso mit der Faust auf der Brust, »dann wäre ich nicht Warsenik, sondern der liebe Gott.«

Sie schloss die Augen und ging von dieser Welt. Die Seele verließ sie zusammen mit all dem Schmerz und dem Leid, das sie für die Zeit ihres Lebens als Gegenleistung dafür gepachtet zu haben schien, dass sie Kind Gottes war.

Das Ochsengespann vor sich hertreibend, machte sich Haruth ächzend auf den Weg zurück ins Dorf, mit einer neuen Aufgabe auf den Schultern.

»Ach, Warso, wie konntest du mir das nur antun? In einer schönen Patsche stecke ich jetzt.«

Niemand könnte nun sagen, ob Warso ihm damit etwas Gutes oder Schlechtes getan hat, indem sie das Ende des Märchens in seine Hände legte. Der Königssohn war zwanzig Jahre alt, an dem Tag, an dem Warso ins Dorf gekommen war, und blieb es bis zum heutigen Tag. Niemand hatte sich bis jetzt gefragt: »Warso, in der Zwischenzeit sind viele Menschen geboren worden und gestorben, wie kann es sein, dass der mittlere Sohn des Königs nicht älter wird?«

Auch das Älterwerden des Königssohnes blieb nun an Haruths Schultern hängen.

»Die Dorfleute werden jetzt glauben, dass Warso mir das Ende der Geschichte anvertraut hat. Ich muss mir ein Ende ausdenken, sonst werden die Erwartungen eines ganzen Dorfes enttäuscht werden.«

Und sollte es ihm nicht gelingen, dann würde ihm immer noch die zweite Variante bleiben, die auch Warso bevorzugt hatte.

»Das Märchen muss weitererzählt werden, immer weiter. Und es muss so getan werden, als würde am Ende dieser Geschichte etwas anderes herauskommen, nichts, was man erwarten würde. Als wäre dieses Ende viel mächtiger und es würde daher einem mehr Mühe abverlangen; man müsste immer weiter und weiter gehen, um dort anzukommen.«

Als die Trauergäste beim Leichenschmaus zusammensaßen und der Verstorbenen gedachten, indem sie ihre mit Warso verbundenen Erinnerungen und Begegnungen teilten oder einfach nur dabeisaßen und sie mit tiefen Seufzern und Ächzern betrauerten, ließ Eran plötzlich ihr zuvor auf die letzte Ruhe der Verschiedenen geleertes

Glas geräuschvoll auf den Tisch fallen und fing an völlig aufgelöst zu weinen. Die Menschen zeigten Verständnis. Wenn nicht Eran, wer sonst hätte so viel im Leben zu beweinen? Wein' ruhig.

»Eran-dschan«, als Bawakan sah, wie das Blut Eran in die Augen gestiegen war und die roten Äderchen das Weiße der Augäpfel zur Gänze zurückgedrängt hatten, tat sie ihr leid und sie versuchte, ihre Gedanken auf Alltägliches zu lenken, »wie geht es deinem Mann?«

»Meinem Mann geht es gut, warum auch nicht? Woran soll es ihm fehlen – das Haus hat ihm der Vater hingestellt, das Essen stellt ihm die Frau hin. Sein Leben lang hat er sich nur um seinen Schniedel sorgen müssen, wieso sollte es ihm schlecht gehen?«

»Dann ist ja gut. Wie kommt ihr nun miteinander aus? Zwischen euch scheint es wieder gut zu laufen.«

»Ja«, antwortete Eran mit einer feuchtbelegten Stimme, »solange ich ihn schleppen kann, geht es uns gut. Drei- bis viermal am Tag beweist er mir, wie sehr er mich liebt, ich bin zufrieden«, sagte sie und erinnerte sich an ihren Onkel Wahan, der vier Söhne hatte (die Türken, sollen sie verrecken diese Kanaillen, hatten das Haus mitten in der Nacht in Brand gesteckt und die gesamte unschuldige Familie bei lebendigem Leib verbrannt) und auf seine Schwiegertöchter angesprochen über die Frau des ältesten Sohnes sagte »Vor so einer soll Gott sogar meinen Erzfeind bewahren.« Über die Frau des zweiten Sohnes sagte er, sie sei herzlos, über die Frau des dritten, sie sei zwar nicht so wie die anderen, aber auch nicht viel besser, und auf die Frage, ob er mit der Frau des vierten Sohnes zufrieden sei, sie wäre eine gute Frau, antwortete er mit einem tiefen Seufzer: »Ach ja, zufrieden, zur Hölle …«

Eran ging hinaus in den Hof und suchte unter den dort Versammelten Haruth. Sie fand ihn im hinteren Teil des Gartens, wo er sich mit Satho unterhielt. Als sie sich ihnen näherte, hörte sie Satho sagen:

»Ich habe ihre Kleider zu einem Bündel zusammengeschnürt und in deinen Karren gelegt. Wenn du nächstes Mal in die Welt fährst, nimm es mit und gib die Kleider jemandem zum Weitertragen.«

»Den Rosenkranz möchte ich behalten«, sagte Haruth, »sie war ein guter Mensch, er soll als Andenken von ihr bleiben.«

Satho holte aus ihren Kleiderschichten den Rosenkranz heraus.

»Er ist aus Bernstein«, sagte sie und reichte ihn Haruth, »sie hat ihn aus ihrem früheren Leben mitgenommen.«

Haruth nahm den Rosenkranz, bewegte ein paar Perlen hin und zurück und steckte ihn mit einem Seufzer ein. Eran deutete Haruth mit einer Handbewegung, ihr zur Hausmauer zu folgen, wo ein paar Frauen eilig den zu Kugeln getrockneten Tan ins Haus trugen, damit er vom aufgewirbelten Staub nicht schmutzig wird. Dort sagte sie zu ihm:

»Haruth-dschan, ich habe ausgiebig geweint. Es ist schwer, sehr schwer, sich von der Vergangenheit zu lösen. Aber dann dachte ich mir ›Warum weine ich? Sollen jene Menschen traurig sein, die keine Vergangenheit und nichts zu beweinen haben. Ich habe gelebt und im Leben meine Spuren hinterlassen.‹ Habe ich recht?«

»Recht hast du. Das Leben hinterlässt immer Spuren, bei glücklichen Menschen bleiben davon Falten zurück, und bei den anderen – auch Falten, nur tiefere.«

»Ich habe keine Falten«, Eran streichelte ihr sonnengebräuntes Gesicht.

»Das stimmt«, bestätigte Haruth, »du bist eine schöne Frau.«

»Sag mir nun eine Sache, Haruth, von wem soll ich ein Kind bekommen – von dir oder von Musajels Sohn?«

»Der Schnaps ist ihr zu Kopf gestiegen«, schmunzelten die Frauen, die den getrockneten Tan wegräumten. Aber andererseits: Von einem Glas kommt man nicht auf solche Gedanken. Also ließen sie sich bei ihrer Arbeit Zeit und hörten mit gestellter Teilnahmslosigkeit zu.

»Von Musajel, das wäre noch besser«, scherzte Haruth und mischte sich unter die an der Mauer stehenden Männer, die von der Verstorbenen und von ihren verborgen gebliebenen Seiten sprachen.

»So lange hat sie in unserem Dorf gelebt, hat uns aber nicht als ihresgleichen gesehen. Kein einziges Mal hat sie für uns Chanumas Nabel gebacken, damit wir sehen, was das ist«, beschwerte sich Wasili bei Haruth.

»Du bist aber ein komischer Kerl«, nahm Haruth Warso in Schutz, »musst du es unbedingt gegessen haben, um dir vorstellen zu können, was das ist?«

»Jemand, der solche Märchen erzählen kann, muss eine gute Bäckerin gewesen sein«, bestätigte ein anderer.

»Schon wieder dieses Märchen. Am Ende hat sie uns mit einem Pferd zurückgelassen. Sie hätte zehn Pferde erfinden können! Nun sollen ein Pferd und ein Halbgarer über unser Schicksal entscheiden – so viel Menschlichkeit hat sie bewiesen«, konnte Wasili ihr immer noch nicht verzeihen.

In diesem Augenblick kam Eran auf die Männer zu, blickte unzufrieden zu Haruth und schmetterte ihm gekränkt entgegen:

»Ich brauche Musajel nicht, einen alten Mann habe ich selbst zu Hause, der bereitet mir genug Kummer. Sag' mir nur eines: Soll ich einen Jungen oder ein Mädchen bekommen?«

»Ein gesundes Kind möge es sein, mit einer Mutter und einem Vater, das ist das Wichtigste.«

»Gut, das liegt in Gottes Händen«, stimmte Eran zu. »Eines weiß ich aber, Haruth-dschan: Nicht mal im Traum wirst du es mit mir aufziehen. Ich muss diese eine Sache tun.«

»Lass' es los, ich würde es dir nicht empfehlen.«

»Ich frage dich nicht um Rat!«

Eran schnalzte trotzig mit der Zunge und machte entschlossen kehrt. Sie ließ die Männer verdutzt zurück.

»Wovon habt ihr gesprochen, Haruth? Hat sie den Verstand verloren?«, fragte schmunzelnd Sisak.

»Lass' sie doch«, Wasgen lächelte milde Eran hinterher, »sie ist nicht mehr die Jüngste, hat wohl was getrunken und redet dummes Zeug, es ist nichts dabei.«

Am nächsten Tag waren die Menschen schon in Richtung Friedhof aufgebrochen, um den zweiten Trauertag am Grab der Verstorbenen zu begehen, als Eran dazustieß und sich bei Haruth einhängte:

»Haruth, mein geschätzter Bruder, ich habe es getan!«

Ihre selbstzufriedene Stimme ertönte so laut, dass die Menschen vor ihnen sich umdrehten und mit fragenden Blicken Haruth anschauten.

»Eran«, zischelte Haruth durch die zusammengepressten Zähne, »ich habe es dir vor allen anderen erzählt, weil du mir leidtust und weil ich wollte, dass du es dir einmal im Leben gut überlegst, wieso schreist du denn so?«

»Ich habe es getan … diese Nacht.«

Fröhlich rundete sie die Augen und versuchte, ihm ins Ohr zu flüstern.

»Ich habe die ganze Nacht nicht geschlafen und es mir

ständig überlegt: Soll ich es tun oder nicht? Und dann sagte ich zu mir: ›Eran, wenn du diese arme Seele nicht abmurksen kannst, dann hast du als Kind an Hundezitzen genuckelt.‹ Um ehrlich zu sein, habe ich ein wenig vor Gott Angst gehabt, und habe dann gedacht … «

»Warum töten? Ist Vergessen nicht das gleiche wie der Tod? Ist es denn unbedingt notwendig, dass Erde zwischen den Menschen liegt, damit wir sie für uns für tot erklären? Ist es nicht genug, sie einfach zu vergessen? Ist es nicht das gleiche, wie wenn sie unter einer Erdschicht verschüttet liegen? Auch die Zeit tut das ihre, Tag für Tag schüttet sie eine Handvoll Erde über uns.«

»Ich konnte es nicht mehr ertragen, Haruth-dschan, ich habe zum Messer gegriffen.«

»Von wem redet ihr? Wen habt ihr umgebracht?«.

Die Frauen, die in der Prozession vor ihnen gingen, hielten es nicht mehr länger aus und drehten sich um. Die blutjunge Frau des Hirten weitete die Augen, die Zündhölzer und den Weihrauch in die Hand gepresst.

»Wen habt ihr umgebracht?«

»Eran, du hast Schande über mein Haupt gebracht«, wisperte Haruth und hielt mit einer lauten Ankündigung die Prozession an. »Am Abend soll sich das ganze Dorf versammeln. Es gibt etwas zu besprechen.«

In dieser Nacht versammelte Haruth alle Dorfeinwohner und sprach zu ihnen:

»All diese Jahre habe ich euch nicht danach gefragt, wer ihr seid, woher ihr kommt, was ihr wollt und zu welchem Gott ihr betet. Auch jetzt frage ich euch nicht, aber bei Sonnenaufgang werden Menschen ins Dorf kommen, Bewaffnete, eine ganze Mannschaft und sie werden Forderungen stellen. Ihr habt nur diese eine Nacht: Konzentriert euch auf eure Wünsche, denkt euch eine Lebensgeschichte aus, eine Vergangenheit und eine Zukunft, solange euer Leben noch nicht zu nummeriertem und abgestempeltem Aktenpapier geworden ist. Wenn ihr wollt, könnt ihr wie Warso euer Leben zu einem Märchen umerzählen und wie flüssiges Blei in die Ohren der Welt gießen, oder ihr könnt, wie diese Gefangenen, unter Qualen fremde Schulden abbüßen. Macht, was ihr wollt, ihr müsst nur jetzt eine Entscheidung für euer Leben treffen. Wählt aus euren vielen Gesichtern eines – jenes, das euerm Herzen am nächsten ist. Jenes, das sie auf ein Stück Papier abpausen und euch in die Hände drücken werden. Entscheidet das alles jetzt, denn sobald eurer Leben einen Stempel trägt, wird es nicht mehr zu ändern sein. Ihr habt dieses eine Leben und diese eine Nacht. Überlegt es euch gut, was ihr nun sagt und tut.«

»Können wir uns neue Namen aussuchen?«

»Ihr könnt alles.«

»Und du?«, fragte Satho, »hast du schon einen Namen gewählt?«

»Ich habe weder den Wunsch, einen neuen Namen zu tragen, noch die Möglichkeit. Alle wissen, dass ich Haruth bin.«

»Und was sollen wir tun, wenn sie uns nach dir fragen, ob wir dich kennen?«, klopfte Aso die Möglichkeiten weiter ab.

Haruth zögerte einen Moment:

»Ihr kennt mich«, sagte er, »wir haben im selben Dorf gelebt, dieselbe Luft eingeatmet und dasselbe Wasser getrunken. Wir haben uns jeden Tag gegrüßt und manchmal auch einander gefragt, wie es einem geht.«

»Und was ist mit Hajko? Wie soll er sich sein Schicksal aussuchen. Er ist dazu nicht imstande.«

Alle drehten sich um und schauten zu Hajko, der teilnahmslos an die Hausmauer gelehnt saß.

»Jeder soll sich seines aussuchen und Hajko bekommt das, was am Ende übrigbleibt«, schlug Nojem vor.

»Das ist ungerecht«, bemängelte Wasili diese Lösung, »auch jetzt lebt er das Leben, das keiner haben will, das ist keine Wahl.«

»Sorgt euch nicht um Hajko«, sagte Haruth, »kümmert euch um euch selbst, um Hajko wird sich Gott kümmern.«

Haruth stand auf, um zu gehen, als Satho zum ihm rief:

»Ich muss mit dir sprechen«, sagte sie, »ich möchte, dass du weißt ... in jener Nacht, als du mich gerettet hast und in die Berge mitgenommen hast ... du musst wissen, was ich getan habe.«

»Es geht mich nichts an«.

Haruth wies sie barsch ab.

»Ich möchte, dass du weißt, dass ich ... «, vor Aufregung klang Sathos Stimme rau und sie holte tief Luft, »ich muss dir sagen ... «

»Sag mir nichts«, schrie Haruth fast, »du hast Hilfe gebraucht, also habe ich dir geholfen. Alles andere geht mich nichts an. Ich bin auch nur ein Mensch, auch mein Herz ist aus Fleisch und Blut. Es kann nicht alles ertragen, versteht ihr das nicht? Es kann nicht alles in sich aufnehmen und diese Last tragen.«

Dann ging er nach Hause, legte sich hin und schlief ein. Er träumte. So etwas kann einem nur in der Hölle widerfahren. Kein anderer von Gott erschaffener Ort würde so etwas verkraften, nur eine gute Hölle. Er saß im Garten, kein Märchengarten, noch wunderbarer, ein göttlicher Garten; blätterlose Bäume mit Blüten aus dünnem schaumweißem Brot. Sie verströmten Farben, welche sich mit leuchtenden Düften vermischten und darin zu einem Nektar verkochten. Gelbe Bienen kreisten um die Baumkronen, ganz heiser vor Aufregung sirrten sie, Herz und Lunge zerreißend, und stürzten sich kopfüber in die Blüten, mitten in ihre Seelen und saugten sie ein. Zu beneiden wäre jeder, der von diesem Honig versucht. Und er saß da. Allein. Zwischen blühenden Bäumen und Blumen. Durch den Nektar und die Brotblüten hörte er das Plätschern eines Bachs. Der Himmel atmete einen frischen Wind aus, der jedem Baum einzeln unter die Achseln kroch. Und das Rascheln der Äste mischte sich zu den Stimmen der Vögel, der Bienen und des Wassers. Der Bach schlängelte sich durch den Garten und unter seinen Füßen; das eisige Wasser knackte vor Kälte, knisterte wie brechende Äste und spülte nasse Krümel über Blumen und Gras. Die ausgedörrte Minze hing schwer gebeugt darüber, wie eine schwangere Frau. Und ihre wurmigen Blüten schlugen ihre Köpfe gegen das Wasser. Er saß da. Mitten in einem warmen, wohlwollenden Tag. Und die Sonne – die wärmste, die hellste, die gütigste und göttlichste Sonne – lächelte ihn an. Sie wärmte und blickte lächelnd herunter auf die von ihr gewärmte Welt. Die weißen Wolken setzten sich in kleinen Ringen auf ihre Lippen und schmolzen dahin. Er saß da. Die Vögel zwitscherten mit einer engelhaften, göttlichen Stimme. Ihr Gesang streute einen goldenen Staub auf seine Seele. Von irgendwo ertönte herzhaftes Lachen einer jungen Frau und leise gewisperte Laute eines Mannes, nur für ihre Ohren bestimmt. Und er saß da. Im Zentrum. Unter der sonnigsten Sonne aller Sonnen. Er lauschte den Vögeln. Er betrachtete die unersättlichen Bienen, die blühenden, blätterlosen Bäume. Und das bunte Treiben des Gartens brannte und kratzte in seiner Kehle wie süßer Honig.

Er saß da, umgeben von Hunden. So etwas hatte noch nie jemand gesehen. Die Hunde waren schön, groß, mit dicken Schnauzen. Sie kamen gerade aus dem Fluss, wo sie gebadet hatten, und waren hungrig. Er wußte, sie würden ihn fressen. Er beschloß, sie zu überlisten. Gab ihnen zuerst nur seinen Arm. Sie fraßen ihn. Sie schauten ihn an. Sie waren nicht satt geworden. Er riß sein Bein aus und warf es ihnen hin. Sie fraßen es und schauten ihn an. Es waren viele Hunde und nur ein Bein. Sie knurrten und schauten ihn an. Er riß seine Rippen aus und warf sie ihnen hin. Es waren viele Hunde, sehr viele. Warum hatte Gott so viele Hunde erschaffen? Und warum hat er sie, nachdem er sie erschaffen hatte, zu ihm geschickt? Wusste er nicht, dass sie ihn fressen würden? Sie werden nie satt werden. Sind groß, saubergewaschen. Was sollte er tun? Er hatte schon seinen Körper Stück für Stück ausgeteilt. Von ihm war nichts mehr übrig, nur er und sein Herz. Von ihm war nichts mehr übrig. Es waren viele Hunde. Sie waren groß. Sie schauten ihn an und knurrten. Er hatte sich über seinem Herz zusammengekauert, hatte sich darübergelegt, es unter sich versteckt, damit die Hunde das Herz nicht sahen, damit sie ihm glaubten, dass von ihm nichts mehr übrig war, nichts. Es waren aber große Hunde, kräftig, sie hatten schon tausende Wölfe und Schafe gerissen. Die Hunde hatten sein Herz gewittert. Sie knurrten. Sie schauten ihn an. Irgendwo hinter einer Wand ertönte ein scharfes Geräusch. Jemand schliff ein Messer. Er spürte, dass das Messer sein Herz durchstechen würde. Und er saß da.

Das Gebell seiner trächtigen Hündin machte ihn wach.

»Bald ist Zeit zu werfen«, dachte er im Halbschlaf, drehte sich um und schlief wieder ein.

Von irgendwo, wie aus einer Nebelwolke, erschien seine Mutter – genauer gesagt eine Frau, ein unsichtbares Wesen, das nie existiert hat, nur in seinen Gedanken. Er wunderte sich nicht, als er seine Mutter sah, ihm wurde nur klar, dass auch sie den Traum als den letzten Zufluchtsort, als Refugium kennt – sie beide griffen zum selben Mittel, um weiterzuleben.

Im Morgengrauen erschien ihm auch Pertsch, in einem Alter, als er noch bei Verstand war und ihm Zuckerhähne aus der Welt mitbrachte.

»Alle von mir entdeckten Wege habe ich dir vermacht, vergiss es nie. Es bleiben so viele Fußspuren auf Wegen, wie Seelen im Himmel. Und Fußspuren sind genauso leicht, wie in den Himmel aufsteigende Seelen, sonst würden die Wege sie nicht ertragen können«, sagte er und verschwand.

Die Morgendämmerung hatte sich ihren Weg durch die Kehle eines Hahns gebahnt und als sie hindurchbrach, errötete die Luft durch die Heftigkeit des Stoßes. Der erste Hahnenschrei zerrieb den Tagesanbruch so, wie das Wasser im Maul des Windes zu Nebel zerstampft und in der Luft zu Feuchtigkeit wird.

Die Spuren des Pfannenflickers brachten am Morgen Spürhunde, Polizisten und Soldaten ins Dorf. Die Hunde liefen nach rechts, liefen nach links, beschnupperten die Erde, winselten und bellten: Sie hatten die Spur.

Die Polizisten und die mitgebrachten Soldaten trauten ihren Augen nicht: Ein Dorf, von dem sie nicht wussten, dass es existiert. Wie war das möglich? Wie konnte ihnen, die bereits jeden Stein und jeden Strauch nummeriert, menschliche Gespräche, Gedanken und Träume registriert hatten, ein ganzes Dorf entgehen – mit seinen rauchenden Schornsteinen, bellenden Hunden, muhenden Kühen und blökenden Schafen. Ein Ort, in dem die in den Höfen angebundenen Esel ausgelassen mit der Sonne um die Wette sprangen und wieherten?

Den Polizisten Wardanjan ließ das von ihm entdeckte Grab nicht in Ruhe. Während die anderen die Häuser und das Vieh abzählten, die Dorfeinwohner befragten, Hunde und Viehbestand registrierten, fragte er jeden aus:

»Und das Grab? Wessen Grab ist es?«

»Was für ein Grab?«

»Unterhalb vom Dorf … Wessen ist es?«

»Ahh, das ist kein richtiges Grab. Es ist leer«, lächelten die Leute verlegen, »darin liegt keiner. Es gibt nur den Grabstein.«

»Wie ist das möglich?«

Der Polizist rundete die Augen.

»Was habt ihr mit der Leiche gemacht?«

»Es gab von Anfang an keine Leiche. Das Grab gehört der Mutter von Nachschun – einer Geflüchteten. Eines Tages sind wir aufgewacht und haben gesehen, dass da ein Kreuzstein steht. Einfach so. Sie geht nur manchmal hin und zündet in Erinnerung an ihre Eltern Weihrauch an. Wissen Sie, sie wurden alle massakriert, da ist nichts von ihnen übriggeblieben, auch keine Leichen.«

»Erzählt das etwas genauer«

Der Polizist zog den Sprechenden näher an sich heran und blickte ihm streng in die Augen.

»Eines Tages sind wir aufgewacht, einige Dorffrauen sind losgezogen, um wilden Thymian zu pflücken und haben gesehen, dass dort, wo noch gestern nichts war, ein Chatschqar steht. Sie sprachen:

›Nachts haben sie ihn aufgestellt. Es reicht nicht, dass

wir sie aufgenommen haben, jetzt bringen sie auch ihre Toten zu uns.‹

›Wenn Menschen sich für immer irgendwo niederlassen, dann müssen sie alles mitnehmen‹

›Hätten sie alles zurücklassen sollen?‹

Jede von ihnen sagte etwas anderes.«

»Nachts also … «, brummelte der Polizist, »wenn ihr aber nicht gesehen habt, wie der Grabstein aufgestellt wurde, wie wollt ihr dann wissen, ob das Grab leer ist, oder nicht? Sag die Wahrheit!«

Er fixierte den Erzähler mit einem mahnenden Blick.

»Wieso sollte ich lügen? Jener Tag ist zwar vorbei, aber Gott war an jenem Tag da und er ist immer noch hier – glaube mir, das Grab ist leer! Die Verstorbene wurde vor Jahren von den Türken verschlungen. Ich weiß nicht mehr, ob sie es war, oder Erans Mutter. Auf jeden Fall, die Türken sind ins Haus gekommen als sie gerade beim Brotbacken war. Sie haben sie in den Tonir-Ofen gesteckt, wo sie zusammen mit ihrem Brot zu warmer Asche geworden ist. Ihre Toten sind weit weg von hier, das Grab ist leer.«

»Vielleicht haben sie es euch so erzählt. Wer weiß, ob da in Wirklichkeit doch nicht einer liegt.«

Bis zu diesem Augenblick hatte Wardanjan sich alles Mögliche ausgemalt – eine Frau, ein Kind, ein Mörder, ein Unbekannter würde im Grab liegen. Alles hätte er sich vorstellen können, aber, dass das Grab leer war? Auf keinen Fall wollte er glauben, dass er diese ganze Zeit vergebens gelitten hatte.

»Da liegt bestimmt niemand!«

»Und wenn sie in die Türkei gefahren sind und die Leiche dort geholt haben?«

»Auf Haruths Ochsen von hier in die Türkei?«

»Wer soll sie geholt haben, sagst du?«

»Nachschun, Haruth und seine zwei Ochsen.«

Zweifel waren für Wardanjan besser als Leere. An Zweifeln konnte man sich abarbeiten, man konnte sie bestätigen oder widerlegen, man konnte sie aufkommen lassen und zerstreuen – kurz gesagt, man konnte eine Beziehung zu ihnen pflegen. Und er beschloss, sie zu hegen, und zwar gegen jene Menschen, die diese Leere erfunden hatten, wegen der er so lange leiden musste.

»Das muss überprüft werden. Unbedingt muss es überprüft werden. Vielleicht gibt sich Nachschun als Armenierin aus, ist aber in Wirklichkeit eine Türkin. Und Haruth … der könnte ein Spion sein.«

Die roten, sonnengeschwängerten Wolken entrissen den Himmel Schluck für Schluck den Sternen. Der junge Hirte, der gekommen war, um seinen kranken Vater abzulösen, stand gähnend an die Steinmauer gelehnt und wartete geduldig, während die Dorfleute ihre Kühe zu ihm trieben. Einige Kühe standen schon schnaubend da und stampften ungeduldig mit den Füßen. Die Tiere in sicheren Händen wissend, unterhielten sich die Frauen. Plötzlich weiteten sich die Augen des gelangweilten Hirten.

»Ach du lieber Gott!«, kreischte er und deutete den Frauen, die sich umgedreht hatten, auf eine sich nähernde Britschka.

In der klaren Bergluft war der Krach, den sie machte, doppelt so laut zu hören.

»Großer Gott!«, murmelten die Frauen. »Das gibt's doch gar nicht!«

Die Britschka fuhr zu dem Jungen und die zwei darin beförderten Polizisten fragten ihn nach etwas. Der Junge stand sprachlos da und starrte das Gefährt an. Sie fragten erneut und der Junge antwortete, ohne den Blick von dem Pferd zu wenden. Als sie sich entfernt hatten, rannte er los:

»Leute«, brüllte er durch das Dorf und in der Stimme schrillte das Entsetzen einer Schreckensbotschaft.

Als die Polizisten aus Nachschuns Haus heraus kamen, stand das ganze Dorf davor.

»Nachschun wurde ins Bezirksamt vorgeladen«, gab der Polizist den Versammelten bekannt, »es ist nichts Schlimmes passiert.«

»Gibt's denn etwas Schlimmeres als das?«, sagte ein Kind und zeigte mit dem Finger auf die Britschka.

»Was ist denn schlimm daran?«, wunderte sich der Polizist und schaute nun selbst auf den Wagen.

»Habt ihr keine Ochsen, dass ihr Pferde davor spannen müsst?«, fragte das Kind. »Oder wenigstens Esel, wenn ihr keine Ochsen habt? Seid ihr so arm?«

Manche bewunderten den Mut des Kleinen, die anderen hatten sich von dieser Erschütterung noch nicht erholt. Sie konnten es nicht glauben, dass man mit Pferden so umgehen kann. Das einzige Pferd, das sie hatten – jenes von Haruth – war dazu da, um eine Braut darauf zu setzten, um aus seinem Schweif ein Rosshaarseil zu flechten, um über jemanden zu richten. Nur zweimal musste das Pferd unter eine Last: Einmal, als Satho darauf durch die Nacht losgeritten war, um Knochen auszugraben (und davon weiß bis heute niemand) und das zweite Mal, als eine der beiden Zwillingsschwestern kurz davor war zu verbluten und Haruth sie auf dem Pferd in die Welt bringen musste.

»Es ist sogar jünger als Haruths Pferd«, mit Bedauern musterte Sisak das Tier, »soll einer die Welt verstehen!«

Der Polizist wartete lächelnd auf Nachschun. Als sie herauskam und sich in die Britschka setzte, trat Haruth aus der Menge, um mit ihr gemeinsam einzusteigen. Der Polizist schubste ihn mit einem schuldbewussten Blick leicht zur Seite.

»Haruth-dschan, darin haben nur zwei Personen Platz. Willst du etwa, dass ich hier zurückbleibe?«

Haruth ärgerte sich zwar, sah aber kein Unheil kommen. Er wusste wohl, was in der Welt vor sich ging, welche Zeiten jetzt herrschten, war jedoch davon überzeugt, dass die Zeit einen Bogen um sie machen würde, da sie nicht hineingehörten und ihr Leben außerhalb der Zeit verlief.

Auch Satho kam auf sie zu und beugte sich über Nachschun, wobei ihr Körper fast zur Gänze in der Britschka verschwand. Sie legte Nachschun eine Kette aus schwarzem Bernstein um den Hals.

»Wahrscheinlich gibt es Neuigkeiten von deinen Angehörigen oder von deinem Vater, deswegen wollen sie dich sprechen«, sagte sie.

Satho richtete die Kette auf ihrer Brust gerade und wollte ihr noch etwas Warmes, etwas Aufrichtendes zuflüstern und zum ersten Mal im Leben entwich ihren Lippen ein Berufsgeheimnis:

»Das hat mir Maro gegeben, als ich es ihrer Tochter weggemacht habe.«

Nachschun sah sie verwundert an.

»Na klar«, lächelte die Alte verschmitzt, »ich lasse doch nicht zu, dass solche wie sie sich vermehren.«

Dann sprach sie ihr Mut zu:

»Keine Angst, Gott wird uns beschützen.«

»Ach«, Nachschun ließ einen tiefen Seufzer hören, »es ist nicht das erste Mal, dass Gott uns seine Mächtigkeit beweist.«

Seit sie ins Dorf gekommen war, würde Nachschun es nun zum ersten Mal und als erste Frau verlassen und die Reise in die Welt machen. Ohne nach dem Grund dafür zu fragen, fingen die Dorfleute an, sie zu schmücken – sollen sie dort unten nicht glauben, dass hier in den Bergen keine anständigen Menschen leben. Der Stolz eines

Verwaisten sprach aus ihnen und so wurde Nachschun mit dem wertvollsten Schmuck behängt, der im Dorf zu finden war und erst dann hinausgeschickt.

Als Nachschun sich in die Britschka gesetzt hatte und der Polizist Haruth wegschubste mit den Worten, dass es nicht genug Platz für ihn gäbe, ahnten die Leute noch nichts. Ihre Herzen schmerzten in diesem Augenblick nur für das Pferd, das vor das Gefährt gespannt worden war, anstatt eine Braut auf seinem Rücken zu tragen. Noch lange schauten sie ihm mitleidig hinterher und trösteten sich allein mit dem Gedanken, dass das Pferd keine andere Last, sondern ihre Nachschun zog. Eines der Dorfkinder, welches besonders angestrengt das Pferd mit dem Blick verfolgte, fragte dann:

«Das ist aber nicht das Pferd aus Warsos Märchen, oder? Der Königssohn würde das nicht zulassen.«

»Nein, mach dir keine Sorgen«, beruhigte ihn der Großvater, »auf der Welt gibt es viele Pferde. Es gibt Orte, da gibt es ganze Herden davon, wie bei uns Schafe. So weit kommt es noch, dass wir jemandem das Pferd des Königssohns hergeben müssen.«

Begleitet von eigenen Gedanken zottelten dann alle nach Hause.

Als die Britschka sich entfernt hatte, wandten sich die Dorfmänner zur Ablenkung Waghinaks Schafbock zu, der kastriert werden musste. Sie hatten ihn zu Boden geworfen und nun wälzten sie sich gemeinsam mit dem Widder, wobei ihn einer an den Füßen, ein anderer an den Hörnern festhielt und der dritte im Takt zu den Rollbewegungen der auf dem Boden Liegenden um sie herumlief und kommandierte:

»Drückt den Kopf nieder … pack ihn an den Hörnern, an den Hörnern … Vorsicht … «

»So ist gut, sehr gut … setz dich drauf … «

»Schlag, schlag fester in die Füße … «

»Ist ein kräftiger Bock, haltet ihn fester«, schrie Waghinak aus Respekt vor den wütenden Tritten des Tieres, während er die Hoden bereits mit den Fingern umschlossen hatte und nun auf den günstigen Moment wartete, um sie abzuschnüren.

»Haltet ihn fest, sonst spießt er uns noch auf.«

Nach dieser Warnung fassten die Männer ihn nun zu zweit an den Hörnern. Der Widder lag überwältigt am Boden und versuchte sich loszureißen, wobei sich die Muskelfasern auf seinen festumklammerten Füßen anspannten und der zu Boden gedrückte Kopf mit den Hörnern die Erde aufriss und der ganze Körper zuckte. Mit diesem letzten Ausdruck seiner Wut versuchte der Schafbock sich zu befreien.

Es war schon Nacht. Der Mond war weich, wie Schmelzwasser floss er in den See bis von ihm nur mehr die leeren Konturen übrigblieben, die – durchsichtig wie ein Natternhemd – sich in den Wolken verhedderten. Die Dorfmänner hatten aus getrocknetem Kuhmist eine Feuerstelle angelegt und rösteten Kartoffeln darin, während sie auf Nachschun warteten. Die Flammen waren schon niedergebrannt und die glosende Asche wärmte wie ein Brutvogel die Kartoffeln unter ihrer Brust. Die Menschen standen eng beieinander im Kreis, schälten mit schwarzen Händen die verkohlten Kartoffeln und aßen sie. Sie aßen, schauten Haruth an, streuten Salz auf die von der Schale freigelegte Stelle, bissen ein Stück ab und schauten wieder zu Haruth. Ein paar von ihnen verlautbarten ihren Verdruss mit gedämmten uff-uff-Seufzern. Ein anderer hatte eine Kartoffel mit den Fingern von der verkohlten Schale ganz freigekratzt und reichte sie fürsorglich Haruth. Der kaute daran, ohne etwas zu schmecken, den Blick zur heißen, glimmenden Asche gerichtet und es kam ihm so vor, als wäre er und nicht der Kuhmist zur Asche abgebrannt. Die Männer saßen um die warme Asche umher, schälten und aßen, streuten Salz und aßen … und warteten. Der Morgen brach ein, ein halber Tag verging. Nachschun war immer noch nicht zurück. Und obwohl es ein kalter, trüber Tag war, der Himmel in schwarze pralle Wolken gehüllt, die bei der leisesten Berührung zu platzen drohten, spannte Haruth seine Ochsen vor den Karren, belud ihn und fuhr in die Welt. Bald kam er zurück. Die Dorfleute wollten nicht warten, sie stürzten sich auf den Wagen und luden eilig die Steinsalzbrocken aus, fanden aber niemanden darunter. Haruth warf die weichgewordenen Fische mit abstehenden Gräten auf die Steine, als Vogelfraß, und hastete ins Haus von Nachschun. Er kam lange nicht heraus. Die durch die Rauchklappe Spähenden beobachteten, wie er alles durchwühlte und auf den Kopf stellte, wie er jede Ecke durchsuchte und verstanden nicht, was er finden oder retten wollte, während er die Sachen bei der Tür hinauswarf. Er kam mürrisch aus dem Haus heraus und ging, ohne in die Gesichter der Dorfleute zu schauen, zum Grab ihrer Mutter, zu jenem Kreuzstein, den er vor Jahren für sie aus der Welt gebracht hatte, unter welchem niemand begraben lag und den Nachschun mit so viel Liebe hegte und pflegte, dass alle vergessen hatten, dass das Grab leer war. Er suchte tastend das umliegende Gras nach der Tonschale ab, die er unter einer Ecke des Grabsteins schließlich vorfand, blickte sich um und entdeckte verdorrte Disteln, die der Sonne zum Trotz noch fest auf ihren Wurzeln saßen und im Wind schaukelten. Er riss sie aus und brach sie in kleine Stücke, ohne auf die Stiche zu achten, legte sie in die Schale und zündete an. Als das Feuer erlosch, streute er über der Glut Weihrauch und wartete, bis dieser zur Gänze geschmolzen war. Dann beschloss er, dass er einen zweiten Kreuzstein aufstellen würde, für Nachschun, mit der Inschrift: »Für dich, die nie gekommen ist.«

Am Abend hatten sich die Menschen um den Tonir-Ofen zu einem Kranz geschartt und Haruth sprach zu ihnen mit bebender Stimme, während er neidvoll den Kindern zusah, die die Füße über dem Ofenrand baumeln ließen. Man hatte ihm erzählt, dass Nachschun verhört und so wie sie war – mit dem Geschmeide der Dorffrauen behangen – in die Verbannung geschickt wurde. Der Ermittler fragte sie immer wieder danach, in welchem Verhältnis sie zum Vater ihrer Kinder steht. Nachschun lief rot und blau an und schwieg mit Tränen in den Augen. Ihr hartnäckiges Schweigen erboste den Ermittler. Wutschnaubend schickte er sie kurzerhand in die Verbannung, ohne einen Prozess anzustrengen.

»Ist die russische Verbannung so wie die türkische? Wird man in die Wüste geschickt?«, brach Sisak das Schweigen.

»Fast«, antwortete Haruth, »mit dem Unterschied, dass ihre Wüsten aus Eis sind.«

»Na so was«, war Sisaks Reaktion darauf, »es gibt also einen großen Unterschied zwischen heiß und kalt.«

In den nächsten zehn, fünfzehn Tagen, nachdem sie Nachschun mitgenommen hatten, gab es keine weiteren Besuche im Dorf. Dann tauchte dieselbe Britschka mit dem davor gespannten Pferd auf. Darin saß ein Polizist, der mit einer dicken Peitsche auf den Rücken des Tieres einschlug und es zwang, über den steinigen Pfad zu galoppieren. Diese Respektlosigkeit vor dem Stolz des Pferdes machte die Dorfkinder wütend und sie bewarfen den Wagen mit Steinen. Ein paar Steine trafen den beleibten Polizisten am Hinterteil. Er drehte stöhnend den Kopf – der eigene Bauch bereitete ihm schon genug Mühe beim Fahren – und schaute missmutig zu den schattenhaften Umrissen der Kinder, die in der Staubwolke hinter dem Wagen herliefen und dem bäuchigen Polizisten hinterherschrien:

»Dicker Warzenkopf, dicker Warzenkopf.«

»Rotzbengel«, murrte der Polizist, erleichtert, dass es sich um eine harmlose Gefahr handelte.

Nach Nachschuns Verbannung fand Haruth keine Ruhe. Er war niedergedrückt und fand Trost nur in dem Gedanken, dass vor dem Schicksal alle machtlos sind. Er malte sich immer wieder Nachschun im sibirischen Schnee aus, mit ihren nackten Füßen, ihrer durchsichtigen Haut und den grün schimmernden Venen, und davon gefror das Blut in seinem Herzen. In ihm stöhnte ein unsagbarer Schmerz. Er dachte ständig drüber nach, dass Nachschun aus ihrem früheren Leben das Grab ihrer Mutter mitgeschleppt hatte und fragte sich, wessen Grab sie aus diesem Leben nach Sibirien mitgenommen hat. Kam er in der Liste ihrer Toten vor?

Er packte Essen in einen Sack und ging zum Flussufer, um die Gefangenen zu besuchen. Sie verstanden sich zwar sprachlich nicht, konnten aber von den Gesichtsausdrücken oder Lippenbewegungen erraten, was sie einander sagen wollten. Manchmal verwendeten sie Gebärden wie Gehörlose, um zu verstehen zu geben, was sie wollten, ob sie zufrieden oder unglücklich waren. Er wollte den Gefangenen etwas Gutes tun aus der inneren Überzeugung, dass eine unsichtbare Kraft im Gegenzug dafür Nachschun in der Kälte Sibiriens eine Entschädigung leisten würde. Als er den Hang erreichte, von dem man das Rauschen des unten fließenden Wassers und die Schreie der Gefangenen hören konnte, lud er den Sack ab.

Ein deutscher Gefangener, oder besser gesagt Herberts linker Fuß, fand sich zerkratzt und blutverschmiert im Maul eines rothaarigen Fuchses im Sommer des Jahres neunzehnhundertsechsundvierzig, genau an jenem Tag, an dem Haruth nach einem erfolgreichen Geschäft am Eriwaner Markt, wo er seinen getrockneten Fisch gegen Zündhölzer und Kandiszucker eingetauscht hatte, auf dem Weg zurück ins Dorf war. An jenem Tag hatte Herbert Glück und der Fuchs Pech, denn so ist der Lauf der Dinge: Damit einer Glück haben kann, muss ein anderer Pech haben. Dann, Monate später, verkaufte Haruth das behandelte Fell des rothaarigen Fuchses auf dem Markt in Bajaset an einen Mann, der dieses ohne Widerrede kaufte, es gleich um die Schultern seiner Begleiterin legte und die erstarrte Schnauze und die klaren Augen des Tieres auf ihrer Brust streichelte.

»Satho«, hatte Haruth gleich beim Betreten des Dorfes gerufen, »Satho, mach die Tür auf, ich habe ein Geschenk für dich«, und den eingerollten Teppich ihr vor die Haustür gelegt.

Als er den Gefangenen sah, den er in jener Nacht gefunden hatte, tauchte in seiner Erinnerung auf, wie in der dämmerigen Frische eines anbrechenden Tages Satho halbbekleidet und mit zerzausten Haaren ihm die Tür verdutzt aufgemacht hatte. Sie blickte nach unten, zog am Teppich, eine Menschenhand kam zum Vorschein. Sie richtete sich ruckartig hoch, schaute Haruth vorwurfsvoll an und machte die Rolle nun etwas behutsamer auf.

»Kannst du der armen Satho eines Tages ein anderes Geschenk bringen?«, sagte sie. »Seit ich mich erinnern kann, kriege ich nur Leichen von dir.«

»Was soll ich machen? Das scheint dein Schicksal zu sein«, scherzte er in jener Nacht.

Jetzt fand er Sathos enttäuschtes, schlaftrunkenes Gesicht belustigend und tadelte sich, als er an jenen Tag zurückdachte und zu sich selbst sprach:

»Was hat dir deine Menschenliebe gebracht? Unheil über dich und das ganze Dorf.«

Er sah wieder zu den Gefangenen, die am Flussufer Fische und Frösche einander aus den Händen rissen und fragte sich:

»Wozu hält man diese abgerissenen Gestalten hier fest? Was für einen wichtigen Auftrag müssen sie erfüllen?«

Etwas weiter den Hang hinauf saßen Ones und der Polizist nebeneinander und reichten sich gegenseitig Schnupftabak. Haruth hatte erst vor kurzem erfahren, wie alt Ones war und staunte, dass er ihn bei der ersten Begegnung für einen Neunzigjährigen gehalten hatte. Er dachte jedoch auch später, als Ones sich im Dorf gewaschen, rasiert und sogar etwas zugelegt hatte, er wäre neunzig. Auch heute dachte er, dass Ones – mittlerweile verheiratet – neunzig ist.

Den Blick zum Flussufer gerichtet und in Gedanken versunken, merkte Haruth nicht, wie die Britschka in eine Staubwolke gehüllt an ihm vorbeifuhr und dann halt machte. Auf das Wiehern des Pferdes drehte er sich um.

»Guten Tag«, begrüßte ihn der Polizist.

Haruth erkannte ihn: Es war Arsen, einer der Polizisten, die Nachschun mitgenommen hatten.

»Grüß dich«, antwortete Haruth.

»Ich wusste, dass du kommen wirst«, sprach er zu ihm so, als würden sie sich seit hundert Jahren kennen und als wäre er auf ein Gläschen Schnaps vorbeigekommen. »Ich habe von dir geträumt.«

»Es gibt kein günstigeres Fortbewegungsmittel als ein Traum«, lachte der dicke Polizist, »eine schöne Plagerei war das, herzukommen.«

»Und warum bist du gekommen? Nach wessen Leben durstet es dich heute?«

»Es ist ja nicht meine Schuld, ich bin ja nur … «

»Ich weiß, du bist unschuldig. Du bist ein Engel, bist der Todesengel unseres Dorfes«, sagte er und rügte sich gleich selbst dafür, dass er den Todesengel so beleidigt hat. Was ist, wenn Erzengel Gabriel ihm das nicht verzeiht? Wie soll er seiner Strafe im Himmel entkommen?

Der Polizist stieg missmutig aus, querte den Weg und hielt die Hand unter eine Wasserquelle am Wegrand. Die geröteten Finger zur Schale geformt, schlürfte er das eisige Wasser und setzte sich auf einen Stein.

»Es sieht nicht gut aus für dich, Bruder«, sprach er mit freundlicher Stimme zu Haruth.

»Was habe ich denn getan?«

»Du fragst noch? Du hast alle diese Menschen«, der Polizist deutete mit einer ausholenden Armbewegung auf das ganze Dorf, »alle diese Menschen hast du die ganze Zeit in Gefangenschaft gehalten und hast es vor dem sowjetischen Staat, vor der Obrigkeit, geheim gehalten.«

»Wirklich?«, fragte Haruth ungläubig, »Und ich habe gedacht, ich hätte sie gerettet. Was soll ich machen, wenn diese Obrigkeiten so schnell wechseln? Wenn aus unserem Dorf fünf für die Weißen und zehn für die Sozialisten ihr Leben verloren hätten und die restlichen zwanzig den Roten gefolgt wären, wäre es heute menschenleer. Ich habe die Menschen für etwas anderes bewahrt.«

»Was sprichts du da?«, die Stimme des Polizisten versagte jetzt vor Zorn. »Du sprichst vom Reich Gottes?

Schlag dir Gott aus dem Kopf, Haruth, vergiss seinen Namen, es ist sonst schade um dich!«

»Gut, wenn du das sagst«, gehorchte Haruth, »nichts leichter als das.«

Der Polizist bemerkte seinen spöttischen Blick und erzürnte erneut:

»Haruth, viele Sünden hast du begangen, sehr viele … Einen hast du aus dem Dorf verbannt, sagt man … er wurde von Schakalen zerfleischt.«

»Glaube mir, er war schon zerfleischt, als er hier angekommen ist. Noch vor den Schakalen haben ihn andere zerfleischt.«

»Hast du kein Mitleid mit ihm gehabt?«

»Natürlich hat er Mitleid verdient. Sein Schicksal wurde gevierteilt. Es gibt nichts Schlimmeres, als wenn jemand sein Leben an einem Ort lassen muss, und das Grab an einem anderen. Aber … «

»Und das größte Verbrechen … «, der Polizist stand ungeduldig auf, damit Haruth die volle Schwere seiner Tat spürt, »du hast aus dem feindlichen Land eine Leiche hergeschafft.«

Haruth verstand, was er meinte.

»Das ist nicht meine Schuld«, wehrte er sich, »sie haben alle, als sie hier angekommen sind, ihre Erinnerungen als Leichen mit sich gehabt … gebeugt unter ihrer Last … Den Leichnam ihres Schicksals auf den Schultern sind sie hier angekommen und haben Hilfe gebraucht. Ich habe ihnen geholfen.«

»Haruth«, zischte der Polizist durch zusammengepresste Zähne, »schade ist es um dich, Haruth. Du scheinst ein anständiger Kerl zu sein. Trotzdem … Sibirien … Egal, wie man es dreht, das wird dein Ende sein müssen.«

Nachts kalbte die Kuh von Ones. Es waren Zwillinge, beide männlich. Ones bereitete das große Qualen: Was sollte er nun mit zwei männlichen Kälbern tun? Ein gesundes Stierkalb hätte das Dorf noch zur Befruchtung gebrauchen können. Wozu sollte er aber das zweite durchfüttern? Auch als Fleischlieferant eignet sich ein Stier nicht, man würde das Geschlecht schmecken. Also schlüpfte er in seine Galoschen:

»Ich muss Haruth um Rat fragen, er ist ein Schlangenkopf.«

Der Wind knarrte im Gleichklang mit den schwingenden Bewegungen der Tür.

»So, so … «, Ones ging um das Haus herum, schaute durch die Tür und durch die Fenster hinein, prüfte sorgfältig die abgesperrte Tür zum Stall und stand nun verdattert vor dem Eingang. Er drehte sich um, zur leeren Hundehütte mit der verwaisten Kette davor; das monotone Quietschen der Tür zermalmte den Wind. Ein ungutes Gefühl überkam Ones. Er traute sich nicht hineinzugehen und rief stattdessen die Nachbarn:

»Haruth ist weg.«

»Das kann nicht sein«

Der kleine Haruth lief barfuß hinaus.

»Das Leben kann ganz schön übel sein, mein Kind«, seufzte Ones, »es passieren oft Dinge, die wir nicht für möglich gehalten hätten.«

Das Viertel lief zusammen. Zuerst klopften sie an die Tür. Dann warteten sie. Sie klopften wieder. Sie warteten. Ones steckte den Kopf durch die offene Tür.

»Haruth?«, fragte er zur Sicherheit, »Haruth!«

Es kam keine Antwort. Ones blickte erschrocken zu den Anderen und als er auch in ihren Gesichtern Angst bemerkte, befahl er:

»Kommt mit«, und ging hinein.

Alles war so wie immer. Das Bett war nicht gemacht, es war also klar, dass Haruth sich zuvor zum Schlafen gelegt hatte. Der Tisch war leer, keine Teller, keine Notizen, nur ein angebissener Apfel.

Zuerst suchten sie die Zimmer ab, dann schauten sie hinter den Türen, unter dem Bett, in der Speisekammer, im Stall und im Futtertrog – alles war da, nur Haruth nicht. Als hätte es ihn nie gegeben.

»Das gibt's ja nicht! Ist er in den Himmel aufgestiegen?«

»Er ist ja kein Heiliger.«

»Wie kann er ein Heiliger sein? Er hat was mit der Frau von Einem aus dem oberen Dorfviertel gehabt …«, der Sprechende blieb geheimtuerisch, »und mit der Tochter von dem Anderen aus dem unteren Dorfteil … und mit der Mutter der Türken …«

»Es gibt eine Form von Unschuld, ganz unabhängig davon, ob du Mann, Frau, oder ob du gar Mensch bist oder nicht. Ein Heiliger ist nicht der Mensch, der mit niemandem schläft oder niemanden liebt. Ein Heiliger ist jener Mensch, der bis zum Schluss seine eigene Schwere trägt. Wenn ein Mensch stirbt, dann nimmt er das Leichte mit in den Himmel und lässt den schweren Körper zurück auf der Erde. Wo ist dann sein Körper?«

»Sie haben ihn mitgenommen«, schlussfolgerte Ones, »nicht umsonst haben sie mit Sibirien gedroht.«

Schlangen waren in dieser Gegend nichts Neues, aber so etwas hat man von ihnen nicht gekannt. Diese erniedrigende Folgsamkeit? Von einem Biest, das über tödliches Gift verfügt? Mit einem Lächeln im Gesicht und in Papier gewickelten unbearbeiteten Tabakblättern zwischen den Zähnen, ein Auge vom aufsteigenden Rauch zugekniffen, mit einem lockeren Witz auf den Lippen, hielt der Deutsche indes eine Schlange handbreit unter dem Kopf und handbreit über der Schwanzspitze und … ratsch mit dem Messer. Es war nicht so, dass es hier früher keine Schlangen gegeben hätte. Schließlich war das ein Bergdorf. Schlangen wohnten in den Grundmauern jedes beliebigen Hauses. Manch Dorfbewohner hatte eine eigene Schale im Hof, in die er Milch für die Schlangen goss, spielte für sie Flöte und sprach mit ihnen:

»Liebe Schlange, Schwesterherz …«

Sie badeten in der Milch, tranken davon, dösten zur Flötenmusik. Im Hof von Hamo lagen sie in der Nachmittagssonne wie Wäscheleinen nebeneinander aufgespannt und die Familienangehörigen mussten drübersteigen, um ins Haus zu gelangen. Auf den kahlen Bergspitzen gab es spezielle Stellen, wo mutige Frauen zwischen den Giftzahnschlangen Pferdedill pflückten – heilsam wie Gift, bitter wie Schlangengalle, die sehnigen Blätter wie Vogelkrallen aufgespreizt. In der Geschichte des Dorfes hatte es sich sogar einmal zugetragen, dass eine Schlange sich in eine Frau verliebt hatte. Kurz gesagt: die Kriechtiere waren hier nichts Neues. Mit der Ankunft der Deutschen verloren die Schlangen jedoch ihre Autorität: Die Deutschen hatten angefangen, die Schlangen zu jagen und sie zu essen. Kurz nach dem Eintreffen der Deutschen versammelte Haruth das Dorf und sagte:

»Liebe Leute, wir müssen diesen Gefangenen Essen geben, sonst vernichten sie uns alle Schlangen und Frösche. Viel mehr als diese Schlangen, Frösche und die Berge haben wir ohnehin nicht. Ich spende diese Kuh – «, er reichte Margusch das Seil, das um den Hals der Kuh gelegt war. »Melke sie und gib ihnen jeden Tag Milch und Käse. Sie sind auch nur Menschen. Wenn sie geboren sind, dann sollen sie auch leben.«

Davon ermutigt, warfen die Dorfkinder den Gefangenen auch Lawasch und Erdbirnen zu und liefen dann, erschrocken vom Klang der fremden Wörter, davon. Das dauerte bis zur Ankunft des buckligen Pfannenflickers und der Spürhunde.

Genauso vom Husten geplagt, dass ihre Lungen und Eingeweide zum Erschüttern kamen, tauchten die Gefangenen im Dorf im Jahre sechsundvierzig auf, als Haruth auf seinem Weg zurück aus der Welt einen Fuchs bemerkte, der im Maul einen menschlichen Fuß gepackt hielt.

Nach dem Eintreffen der Gefangenen erinnerten sich die Geflüchteten daran, dass sie von den Türken mit deutschen Waffen massakriert wurden, und so starben zwei von ihnen unabhängig voneinander in derselben Nacht. Die anderen wurden zur Zielscheibe für Beschimpfungen, wobei das einzige kränkende deutsche Wort, das sie vom Polizisten Mukutsch gehört hatten, »schnelle« war und das warf ihnen jetzt jeder beim Vorbeigehen an den Kopf. Man mochte sie im Dorf schlichtweg nicht. Zu sehr unterschieden sie sich von den Menschen hier. Bei jeder noch so dürren Schlange, die sie fanden, erschütterte ihr Freudengeschrei das Dorf. Die Menschen, die am Flussufer ihre Häuser hatten, wunderten sich:

»Wie kann man nur in einer Gefangenschaft so fröhlich sein?«

»In so einer Gefangenschaft ist leicht lachen«, lästerten die Menschen über den Polizisten Mukutsch, in Anspielung darauf, dass seine Frau samt drei Kindern mit einem anderen Mann aus seinem Dorf durchgebrannt war und er weder sie noch den Liebhaber umgebracht hatte.

Jeden Tag trieb der Polizist Mukutsch die Gefangenen an das Flussufer. Er selbst machte es sich auf dem Berghang bequem und bewachte sie von oben. Die Gefangenen hatten nichts zu tun. Bei Sonnenschein legten sie sich auf die Steine, bei Regen krochen sie wie Regenwürmer darunter und bei Wind suchten sie Schutz im Schatten der Felsbrocken. An schönen sonnigen Tagen jagten sie Schlangen und Frösche, töteten und häuteten sie an Ort und Stelle, grillten sie und gaben mit Schreien und Gebärden Mukutsch von unten zu verstehen, er möge herunterkommen und an ihrem Mahl teilnehmen.

»Der Teufel soll euch holen«, murrte Mukutsch angewidert, »lasst mich in Ruhe mit euren barbarischen Bräuchen.«

Er rief stattdessen Ones, der sich zu ihm gesellte.

»Du solltest dich vor Schlimmerem fürchten«, regte Ones Mukutschs Ekel weiter an, »die werden sich mit Schlangen und Fröschen nicht zufriedengeben, Mäuse sind bestimmt auch am Speiseplan.«

»Bäh, da stellt's einem ja die Körperhaare auf.«

Der Polizist schüttelte die Arme.

»Schau mal!«

Ones deutete mit der Hand auf einen der Gefangenen, der sich mit einer Lawaschrolle im Mund von der Gruppe getrennt hatte und an Nuschiks Hausmauer gelehnt stand, über die er verstohlen mit einem verliebten Blick zu den Gänsen spähte.

»Was soll das?«

»Keine Ahnung«, zog der Polizist die Schultern hoch, »die Leute sagen, er ist Gänseforscher. Er macht überall Notizen, bekritzelt alles, was er findet – Tonkrüge, Hauswände, schreibt auf dem Sand, obwohl ich ihm viel Papier beschafft habe.«

»Wenn jemand, der Gänse studiert, ein Forscher ist, was ist dann jemand, der die Bibel studiert?«

Den Zeigefinger in die Höhe gestreckt, wunderte sich Ones über die Urteilskraft der Welt. Lachend holte er die Schnupftabakdose heraus, nahm eine Prise vom scharfen Pulver, führte sie zur Nase und reichte dann die Dose an Mukutsch weiter.

Oft saßen sie so zu zweit am Berghang und unterhielten sich. Meistens hatte Ones davor schon gründlich die trockenen Tabakblätter zerkrümelt, gemahlenen Pfeffer, Kardamom und Zimt dazu gemischt, persische Gewürze beigemengt, deren Namen er früher in kleinen Buchstaben auf einen Zettel schrieb und an den Tagen, an denen Haruth in die Welt fuhr, ihm in die Tasche steckte. Er füllte die Mischung in einen schwarzen Lederbeutel, in dem er im früheren Leben Goldmünzen aufbewahrt hatte, und brachte sie mit, um sie mit der Nase zu verkosten.

»Diese Mischung ist mit Nelken.« Oder: »Da habe ich Kardamom dazugegeben«, sagte er dann.

Der Polizist führte die Hand zu dem kleinen verblichenen und ausgeleierten Beutel, steckte Daumen und Zeigefinger hinein, nahm eine Prise zwischen die Fingerkuppen, führte die Finger zu den Nasenlöchern und zog das Pulver schnell ein. Der süße, scharfe, bittere, gehaltvolle Stoff brannte und kitzelte im Kopf und am Gaumen. Er richtete den tränenden Blick zum Himmel, direkt in die Augen der Sonne, damit auch sie ihn kitzelt, ihm hilft, es beschleunigt und … »Hatschi!« … die ganze Kopfflüssigkeit, alles, samt Hirnmasse, landete im Taschentuch. Das Niesen ging für zwei, drei, fünf, manchmal auch zehn Minuten weiter.

»Herrlich! Hoch sollst du leben … gut war das.«

Mukutsch wischte sich die aus Mund, Nase und Augen strömende Flüssigkeit vom Gesicht und zeigte sich dankbar, ermattet und erschöpft. Hin und wieder stand der Polizist auf, bloß zur Wahrung der Disziplin, und schrie zu den Gefangen, die unten Frösche und Fisch verspeisten:

»Schnelle!«

Auch dieses Mal zog Mukutsch den Schnupftabak hoch und sah Ones mit tränenden Augen und krausgezogener Nase an:

»In all diesen Jahren hast du mir nichts über dich erzählt«, sagte er. »Vor wem hast du Angst, vor allem jetzt, wo Haruth weg ist? Schade natürlich, dass er weg ist.«

Mukutsch wusste, dass ihre Geschichten alle einander ähnelten und dass jede Biografie an der Spitze eines Jatagans endete. Trotzdem interessierten ihn die Einzelheiten. Egal, wie oft er bis jetzt gefragt und gedrängt hatte, Ones antwortete stets mit einem Seufzer:

»Gott war gnädig zu mir.«

Manchmal sprach er den Satz »Gott war gnädig zu mir« mit solcher Lobpreisung, dass der Polizist glaubte, nicht nur seine ganze Familie wäre verschont geblieben, sondern auch das Familiengold hätten sie gerettet.

»Mein kleiner Bruder hat Israel geheißen. Wir haben aber den Namen zurechtgestutzt und ihn Isro genannt«, rechtfertigte sich Ones für die Namenswahl seines Vaters, der so viele Kinder hatte, dass ihm die normalen Namen ausgegangen waren.

Also gab er seinen Kindern Ländernamen. Ein kräftiges Kind war der jüngste Bruder, der gern Süßigkeiten aß und sich vor Bienenstichen fürchtete. Auch Armenien und Georgien hatten sie in der Familie; sie alle wurden von den syrischen Wüsten dahingerafft.

Es stellte sich heraus, dass er als Einziger überlebt hatte.

»Und um was für einen Preis«, sagte er und schüttelte die mit Gänsehaut überzogenen Arme.

Als die Türken ins Haus einfielen, hatte er es geschafft, sich zu verstecken.

»Ich habe ständig die Augen eines Türken gesehen. Das war das Einzige, was ich aus meinem Versteck sehen konnte.«

»Er hat geschielt«, sagte er, »wahrscheinlich hat er alles doppelt gesehen, und in seinen Augen waren wir viel mehr Leute als in der Wirklichkeit. Dann haben sich seine Augen voneinander unabhängig gemacht. Ein Auge hat an der Decke geflattert und das andere seine Arbeit gemacht.«

»Eh … «

Ones zog den Seufzer so in die Länge, dass er von der Erde zum Mond und vom Mond noch weiter hinauf aufstieg.

»Weißt du, für wie viele Leben mein Leben reichen

muss? Auch wenn ich zweihundert Jahre alt werde, wird es nicht reichen, um Gott meine Schulden zurückzuzahlen.«

»Wenigstens dich hat Er verschont.«

»Hat Er, ja«, bekreuzigte sich Ones, »gelobt und gepriesen sei Er.«

»Hast du in deinem Versteck geweint?«

»Das Blut ist in Strömen geflossen. Was hätten da meine Tränen ausgemacht?«

»Was hast du dann gemacht?«

Endlich hatte Ones angefangen, zu erzählen und so versuchte der Polizist herauszufinden, wann genau Gott ihn verschont hatte.

»Ich habe ihm … ich habe dem Türken in die Augen geschaut.«

»Wie lange warst du in deinem Versteck?«

»Ich weiß es nicht. Wir waren eine große Familie, so groß wie ein ganzes Dorf.«

»Und diese ganze Zeit?«

»Habe ich seine Augen gesehen.«

»Wenn du deine Position geändert hättest, dann hättest du wahrscheinlich mehr gesehen.«

»Ich habe das Meiste gesehen. Ich habe seine Augen gesehen.«

»Wurden alle umgebracht?«

»Nach seinen Augen zu deuten, ja. Aber, dem Allmächtigen sei Dank, ich bin verschont geblieben.«

»Das gibt's doch nicht«.

Mukutsch richtete sich plötzlich hoch und schrie auf:

«Was machst du dir vor? Wo ist denn hier Seine Gnade?«

Ones stand auch auf und stützte sich auf den Felsbrocken, in dessen Schatten sie gesessen hatten.

»Darin, dass es nicht meine Augen waren.«

»Jeder verarbeitet einen Schock auf seine eigene Art – bei ihm hat die Erschütterung wohl das ausgelöst«, dachte Mukutsch mitleidig.

»Verstehe … dich hat Er also verschont«, sagte er dann laut.

»Das schwierigste war, die Berge zu erreichen«, setzte Ones fort. »In den Bergen hat die Rettung gewartet. Dort haben sie einen schon unten empfangen, in die Höhlen gebracht, Waffen und sogar etwas zum Essen gegeben. Lange, sehr lange bin ich auf die Berge zugelaufen.«

»Macht nichts«, tröstete ihn Mukutsch, »deine Qualen haben sich ausgezahlt. Du bist gerettet worden.«

»Am Leben zu bleiben und gerettet zu werden, sind unterschiedliche Dinge. Ich habe die Berge nicht erreicht. Heimtückisch waren die Wege dorthin: Egal, wohin und wie schnell man gelaufen ist, am Ende ist man immer in der Wüste gelandet. Um gerettet zu werden, hätte man es aber bis zu den Bergen schaffen müssen, zumindest bis zum Fuße.«

»Wo ist der Unterschied? Du hast es in unsere Berge geschafft.«

»Ich habe zu viel gesehen, bevor ich es in eure Berge geschafft habe … zu spät war es schon für mich, um gerettet zu werden.«

»Aber Gott hat dich gerettet.«

Der Polizist sah aufgeregt zum Himmel.

»Gelobt und gepriesen sei Er«, sagte er und bekräftigte das Gesagte mit einem Niesanfall.

Das Niesen hörte endlich auf und der Polizist steckte sein Taschentuch zurück in die Hosentasche als er am anderen Flussufer eine Bewegung bemerkte. Zuerst zuckten die Blätter eines Baums, und zwar so, als würde jemand ihn an den Haaren packen und kräftig schütteln. Dann neigten sich die Schilfrohre, beugten sich links und rechts und der Polizist, der angestrengt mit seiner ganzen Sehkraft hinüberblickte, sah sogar einen ausgetretenen Pfad.

»Haruth, Haruth«, grinste er, »und wir haben dich schon in der Eiswüste Sibiriens begraben und beweint.«

»Das kann nicht sein.«

Ones stand ungläubig auf und blickte auch konzentriert zum anderen Ufer.

»Weit ist er nicht gekommen«, spottete der Polizist.

»Was willst du von ihm? Mit seinem kaputten Bein kann er nicht auf den Mond«, nahm ihn Ones in Schutz.

Ob das nun Mukutsch anzukreiden war, dass der freudige Verdacht, der sich zunächst in den Herzen der Dorfbewohner eingenistet hatte, auch zu den entsprechenden Stellen durchgedrungen war, oder ob das bloß ein Zufall war, weiß niemand. Auf jeden Fall kam zwei Tage später der Befehl, die Gefangenen sollen eine Brücke über den Fluss errichten. Die Britschka war dieselbe, es saßen aber zwei andere Männer darin, mit blauen Aktenmappen bewaffnet. Sie saßen lange mit den Gefangenen auf dem glitschigen Kies, mit einer Landkarte aus der blauen Mappe auf den Knien, und erklärten ihnen etwas. Mit diesem Befehl hatte sich das Wichtigste geklärt: Nach dem Bau der Brücke durften die Gefangenen nach Hause.

Es war die zweite Frühlingswoche, der Winter wollte sich nicht zurückziehen. Wie jedes Jahr stellte er die Geduld des Frühlings auf die Probe. Wie ein Tier, das bald kastriert werden würde, blies der Sturm zum letzten Mal männlich, rau und verbittert über die von dem ewigen Weiß vereinnahmten Gipfel. An warmen Tagesstunden zeigte sich an manchen Stellen des Berghangs die Erde, nass und schmierig wie ein Neugeborenes.

Den ganzen Winter lang hielt das Eis das Wasser in seiner Faust gefangen, würgte es, klemmte es zwischen den Ufern fest und wenn es im Frühling schmolz, platzte das Wasser in einer gewaltigen Explosion und schmetterte seinen kalten Schrei dem Himmel ins Gesicht.

Die Flut konnte sich von überall ergießen: vom Himmel, von den Berggipfeln, aus den Erinnerungen, aus dem Herzen – die Flut wählte ihren Ursprung und ihren Lauf selbst. Alle waren Zeugen gewesen. Die Sonne hatte die Berge zum Schmelzen gebracht, gerade einmal einen halben Tag hat es gebraucht, damit die Gipfel durch die Schneedecke zum Vorschein kommen. Das ewige Eis strömte herab, überflutete die halbfertige Brücke und spülte einige Gefangene, die darauf standen, in den See. Was beim nächsten Mal passierte, begriff niemand, sie hörten nur ein lautes Geräusch, daraufhin war die Brücke wieder weg. Dieses Mal wurden keine Gefangenen verletzt. Sie wurden von diesem Knall schlichtweg zermalmt, von dem man später glaubte, es sei ein Granateneinschlag gewesen, da er sich just in dem Augenblick ereignete, als die Brücke schon fast fertig war. Es fehlte nur mehr ein halber Schritt und die beiden Ufer wären zusammengewachsen. Der Polizist Mukutsch behauptete, es wäre Haruth gewesen, die Dorfleute glaubten ihm aber nicht.

»Haruth hätte das niemals übers Herz gebracht. Die Gefangenen haben sich bis zuletzt davon ernährt, was er ihnen zurückgelassen hat.«

»Haruth hat genug wegen seines guten Herzens gelitten.«

Ones wollte unbedingt daran glauben, dass Haruth am Leben und in der Nähe war.

»Es kann durchaus sein, dass er das war.«

Wer oder was das nun gewesen war und aus welchen Beweggründen es geschah, war nicht mehr herauszufinden. Tatsache war, dass nur einer der Gefangenen den Knall überlebt hatte. Es war der Forscher, der Glück gehabt hatte, da er wie immer bei seinen Vögeln gewesen war und nicht auf der Brücke. Nachdem aber seine Freunde verschwunden waren, war er nun gezwungen, alles stehen zu lassen und den Bau der Brücke wiederaufzunehmen, da das die einzige Möglichkeit war, um nach Hause zurückkehren zu können – die Fertigstellung der Brücke.

Als der Deutsche den letzten Stein auflegte, stand hinter ihm eine Menschentraube. Die Dorfleute sahen zu und warteten bis er fertig wird, damit sie sofort, ohne Zeit zu verlieren, zum anderen Ufer laufen konnten.

»Weg von hier, ihr stört bei der Arbeit«, verscheuchte sie der Polizist, »weg, weg … Was gibt's hier umsonst? Das andere Ufer ist wie dieses. Da gibt's nichts Neues, geht nach Hause.«

Die Leute gingen aber nicht, es war nicht das andere Ufer, das sie interessierte, sondern Haruth. Sie wollten es endlich wissen: War er es gewesen oder vermoderte er in Sibirien? Einige hatten schon für sich beschlossen, dass die Gerüchte stimmten, und lachten über sich selbst:

»Und wir haben ihn schon beweint und betrauert, dabei hat er uns alle hinters Licht geführt.«

»Ihr glaubt wirklich, er ist mir entwischt? Mir? Nein«, grinste der Polizist hämisch, »ihr kennt mich noch nicht.«

»Jemand, der den Türken entwischt ist, entwischt dir allemal«, schlussfolgerte der zufriedene Ones kennerisch, »er ist in die Berge aufgestiegen.«

» … und kommt mit jedem Schritt Gott näher.«

»Er hat bestimmt einen neuen Fluss gefunden und ein neues Dorf gegründet«, schwelgten die Dorfleute in ihren Traumvorstellungen.

»Soll er von mir aus!«, ließ der Polizist wütend ertönen. »Schauen wir, wo er dann landet. Die Flüsse, die er findet, haben alle drei Ufer.«

Der Lebensabend hatte Aso kein schönes Altern beschert. Es war grausam: die Knochen knarrten, die Gedanken rissen ab, die Zunge schlang sich in Knoten und verwickelte die Wörter. Die Augen waren verständlicherweise auch nicht mehr die alten. Sein Hörvermögen ließ nach. An seinem ganzen Körper war nur das Herz jung geblieben und es kränkte ihn tödlich, wenn ihm beim Scherzen mit Frauen verächtlich ein »Was willst du, du alter Gockel« entgegentönte. Und um den Tag nicht unter gackernden Frauen und Hühnern zu verbringen, breitete er noch vor Sonnenaufgang den Lawasch-Fladen auf dem blumenbestickten Tuch seiner Mutter aus, legte Käse und Kräuter hinein, faltete alles zusammen, und begab sich mit dem Beutel auf dem Rücken zu den Hirtenjungen. Die Jugendlichen hüteten die Schafe und er hütete sie.

»Geh bitte nicht unter, Sonne«, murmelte Aso auf einem Stein sitzend und auf die grasende Schafherde blickend.

Der Himmel hatte sich in eine rote Wüste verwandelt. Wolken und Graukraniche glitten darüber und verbrannten sich dabei die Gliedmaßen. Der junge Mond leuchtete schon, schwach wie eine verblichene Narbe. Die Dunkelheit war aber noch nicht eingetroffen. Die bunten Eidechsen bemerkten noch keinen Unterschied und flitzten, husch-husch, zwischen den Steinen hin und her. Die kleinen roten Käfer blubberten wie Blasen, die in siedendem Wasser aufsteigen. Von der niedrigen Mauer einer Ruine – es waren ein paar zusammengepresste ineinander eingebrannte Steine – tropfte, schwerflüssig wie Seim, ein Haufen Eidechsen auf den Boden und zerrann im Gras.

»Zu beneiden sind sie«, seufze Aso, weil er daran dachte, dass er in seinen jungen Jahren auch so flink gewesen war.

Die Sonne hatte den scharfen Duft der blühenden Gräser und des verdorrten Thymians in der Luft zu einem Nektar verkocht. Das Sirren einer Grillenkolonie zersplitterte die trockene, geröstete Luft. Der Sonnenuntergang hatte sich über Himmel und Erde geschmiert.

»Großvater, schau! Was ist das drüben? Sind es Bären?«, schrie einer von den Junghirten, der gerade einen Wiesen-Bocksbart gepflückt hatte und sich die aus dem Halm heraustretende milchige Flüssigkeit in die Hand tropfen ließ, um daraus einen Bergkaugummi zu machen.

Die Hand zur untergehenden Sonne gestreckt, wartete er, bis die Flüssigkeit eindickt, pflückte noch eine Blume, tropfte noch mehr Milch über die Hand, um sie dann wieder in die Sonne zu halten – solange bis die gesammelte Milch anschwillt, zimtbraun trocknet, um sie dann in einem schmerzlichen Ruck von der Haut abzulösen und zu kauen.

Der Alte schaute angestrengt in die vom Jungen gezeigte Richtung, sah aber nur mehr einen dunklen Schatten und murmelte:

»Alles ist möglich.«

»Hab' keine Angst«, der junge Hirte blickte nun auch genau hin und klärte seinen Irrtum auf, »das ist Astghik … und der Deutsche.«

Sie schauten friedlich dem Paar hinterher, das den Hang hinunterstapfte, begleitet vom Gerümpel losgetretener Steine.

»Ich habe gehört, sie haben geheiratet.«

»Er hat keine andere Wahl gehabt«, grinste der Bursche schadenfroh. »Wir haben ihn matschig geschlagen. Kannst du dir das vorstellen? In unserem kleinen Dorf hat er vom ersten Tag an ein Verhältnis mit ihr gehabt und wir haben das nicht mitbekommen. Man sagt, dass er von Anfang an Schlangenblut getrunken hat und so zu Kräften gekommen ist. Kannst du dich erinnern, wie viele Schlangen sie in der ersten Zeit gehäutet haben, damals, noch bevor Haruth ihnen seine Kuh und wir unsere Hühner gegeben haben? Solche Mistkerle. Als wir es erfahren haben, waren wir richtig wütend. Was fällt ihm ein? Soll er lieber bei seinen Gänsen bleiben! Chatscho ist richtig in Rage gegangen. Der Kerl ist zwar nicht der hellste, hat aber eine schwere Hand. Der Deutsche ist sofort hingeflogen, als er ihm eine geschmiert hat. Nicht einmal mehr rühren hat er sich können.«

»Der Arme … Wieso habt ihr ihn so zurichten müssen? Astghik hat mit vielen Männern was gehabt, er war nicht der erste.«

»Ich traue meinen Ohren nicht, Großvater! Und was ist mit unserer Ehre? Sie ist ein Flittchen, na und? Aber sie ist unser Flittchen, oder nicht? Kein anderer soll dieses Recht haben außer uns. Zuerst haben wir ihn vermöbelt, dann an den Füßen gepackt und in den Hühnerstall geschleppt. Du kannst dich wahrscheinlich noch erinnern, er hat damals von uns Hühner und Gänse gekriegt, sie gezüchtet, behandelt, untersucht, mit ihnen gekuschelt, was weiß ich was noch. Als er dann seine Schützlinge so gesehen hat, voller Blut … vor seinen Augen haben wir es gemacht. So wie jeder eine Handvoll Erde auf einen Sarg schüttet, so haben wir jeder von uns seine Portion Vögel geschnappt, allen der Reihe nach die Köpfe abgerissen und ihn damit zugeschüttet. Wie war sein Name noch einmal? Konrad, ja, Konrad. Im Blutrausch haben wir gelacht und zu ihm gerufen: ›Konrad‹. Er hat aber völlig erledigt in einer Ecke gelegen, und wir haben alles, was wir in die Hände bekommen haben – Gänse, Enten, Hühner –, gepackt und allen die Köpfe abgetrennt. Kopflos haben die Vögel gezappelt, überall mit dem Blut und den Federn herumgekleckst; sind mit ihren blutigen hin- und herbaumelnden Hälsen blind herumgelaufen. Zuerst haben sie noch alle Kraft aus den Beinen herausgeholt, nach ein paar Runden sind sie eingeknickt und haben auf dem Boden mit den Flügeln gepaddelt. Dann ist ihnen die Kraft auch langsam aus den Flügeln gewichen. Noch haben sie damit auf dem Boden gescharrt, sich in Staub und Schotter gewälzt. Einige haben sogar noch gegackelt. Am Ende haben sie noch ein letztes Mal gezuckt und das war's. Dann waren sie tot. Abo wurde sogar schlecht in dieser Wolke aus Blut und Federn. Den mussten wir unter den Armen packen und hinaustragen. Den Deutschen haben wir aber in seinem Stall gelassen. Geschluchzt und gewimmert hat er. Ich glaube, er hat seine Lektion gelernt«.

»Ach, Haruth, Haruth«, seufzte der Alte, »ohne dich sind sie komplett vom Kurs abgekommen. Wenn du hier gewesen wärst mit deinem Rosshaarseil, hätten sie sich so etwas nie getraut.«

»Du, Holzkopf«, wandte er sich an den Jungen, »war es nicht schade um diese Vögel?«

Sein Blick fiel auf die Steine und prallte von diesen wieder ab, verlor die Richtung und fand sie wieder, flackerte unruhig, folgte aber immer noch Astghik und dem Deutschen.

»Ein paar von den Burschen haben es dann bereut. Haben dann genau wie du gefunden, dass es schade um die Vögel war. Als wir Abo nach Hause gebracht haben, hat Tante Maro zu uns gesagt, wir hätten uns in unseren jungen Jahren eine große Schuld aufgebürdet. Also haben wir dann für ihn die Steine geschleppt und die Brücke gebaut.«

»Ob er wohl ihre Geschichte kennt, woher sie stammt?«, fragte Ones unsicher und beobachtete, mit welcher Fürsorge der Deutsche dem auf dem Schotter ausgerutschten Mädchen unter die Arme griff und ihm beim Aufstehen half.

»Wer hätte es ihm erzählt? Wie hätte man es ihm erzählt?«

»Und wie haben sie einander verstanden?«

Der Bursche rieb sich am Gesicht, dort wo die Haut schon rußig schimmerte aber noch kein Bartwuchs zu sehen war, um zu zeigen, dass er sich auch in Liebessachen auskennt.

»Du, Dummerchen«, wunderte sich Aso über die Unwissenheit des Jungen, »in solchen Angelegenheiten sind Worte unwichtig. Und außerdem … Manchmal verbindet das Unglück die Menschen noch stärker als die Liebe.«

Astghik und der Deutsche blieben bei einem großen Felsbrocken stehen, lehnten sich an den aufgeheizten und mit blonden Flechten bedeckten Stein, holten kurz Luft und gingen weiter. Es war jetzt deutlich zu sehen, dass sie zum Grab von Nachschuns Mutter hinabwollten. Der hagere Deutsche konnte sich kaum noch auf den Beinen halten. Den Arm über Astghiks gelegt, war es nicht klar, ob er sie umarmen oder sich an ihr festhalten wollte.

Nachdem sie den Grabstein erreicht hatten, brach Astghik zusammen, legte den Kopf auf den Kreuzstein, streichelte ihn und flüsterte vermutlich etwas.

»Sie nimmt Abschied von der Mutter«, sagte der Alte gerührt. »Ach, du ungerechte Welt.«

»Vielleicht auch von Haruth. Er war wie ein Vater zu ihnen«, ergänzte der Junge.

»Ach, Haruth, Haruth«, ächzte der Alte und rieb sich über die feuchten Augen, »auch du bist weg und bleibst nun als Legende zurück.«

»Er hätte uns zumindest Warsos Märchen zurücklassen können.«

Der Bursche schirmte das Gesicht mit der flachen Hand ab und blickte in die Ferne.

Vom Kreuzstein hatten sie sich schon ziemlich weit entfernt. Sie gingen schnell, voneinander unabhängig, achteten nicht auf die spitzen Steine, dazwischen sprießende Dornen und rein- und raushuschendes Kriechgetier. Sie mussten noch einen Berg passieren, zwei Hügel und die dazwischen liegende Steppe. Sonst würden nach Einbruch der Dunkelheit die Wölfe kommen.

»Gute Reise«, sagte der Junge mit einem schalkhaften Unterton.

»Geht nur. Nehmt die Schwere eures Schicksals von unserem Dorf«, sagte Aso verbittert und blickte mit seinen nicht mehr sehenden Augen zu den sich immer weiter entfernenden Gestalten.

Als die Dämmerung einsetzte, hatten sie sich zu einem kugelförmigen Schatten verdichtet.

In der Ferne, vor ihnen, leckte der Sewansee die krummen Rücken der Berge. Auf feuchten Steinen ließ er mit Gänsehaut überzogenen Wind zurück.

Glossar

Tonir-Ofen	in den Boden eingelassener Ofen zum Ausbacken von dünnem Fladenbrot (Lawasch) und anderer Speisen sowie zum Beheizen des Raumes
Bajaset	ein im Jahre 1830 von armenischen Einwanderern aus der Stadt Beyazıt in der heutigen Türkei als Nor Bajase gegründeter Ort; heute die Stadt Gawar
Sini-Korb	Geschenkkorb, der bei einer Verlobung und Hochzeit der Familie der Braut überreicht wird
Burdik	ungefütterter Überwurf für Frauen mit langen Ärmeln, ähnlich einem Mantel
Surna/Zurna	Blasinstrument aus Holz, das zur Familie der Doppelblattinstrumente zählt
Halva	Süßspeise aus Zucker, Mehl und Fett
Daghighan	aus Holz kunstvoll geschnitzter Glücksbringer, der vor bösen Blicken schützen soll
Pahlewan	ein Seiltänzer
Deir as-Sur	Stadt im Osten Syriens; während des türkischen Genozids an der armenischen Bevölkerung in den Jahren 1915/16 Ziel zahlreicher Todesmärsche
Tan	salziges Joghurtgetränk
Gatha	Süßgebäck
Kreuzstein/ Chatschkar	kunstvoll behauener Gedächtnisstein mit einem Reliefkreuz in der Mitte, das von geometrischen und pflanzlichen Motiven umgeben ist

Spas — Traditionelle Joghurtsuppe mit Gerste oder Weizenkernen

Narek — »Buch der Klagen« von Gregor von Narek, einem armenischen Mönch und Gelehrten, der im 10. Jahrhundert lebte

Britschka — vierrädriges Pferdefuhrwerk mit Faltverdeck

Jatagan — Türkischer Säbel

Susanna Harutyunyan, geboren in Karchaghbyur, zählt zu den profiliertesten Autorinnen Armeniens. Für ihren Roman »Raben vor Noah« erhielt sie im Jahr 2016 den Literaturpreis des Präsidenten, die wichtigste literarische Ehrung Armeniens. Ihr Werk umfasst neben acht Romanen auch Theaterstücke und zahlreiche Kurzgeschichten. Sie ist Herausgeberin der Literaturzeitschrift »Kayaran«.

Susanna Yeghoyan, geboren und aufgewachsen in Jerewan, hat deutsche Sprache und Literatur studiert sowie ein Übersetzer- und Dolmetscherstudium absolviert. Sie arbeitet als Senior Lecturer für russische Sprache in der Übersetzer- und Dolmetscherausbildung an der Universität Graz mit Gastlehraufenthalten in den USA, Italien und Russland.

Disclaimer:

The content of this book represents the views of the author only and is his/her sole responsibility. The European Commission and the Agency do not accept any responsibility for use that may be made of the information it contains.

Der Inhalt dieses Buches gibt ausschließlich die Meinung der Autorin wieder und liegt in deren alleiniger Verantwortung. Die Europäische Kommission und die Agentur übernehmen keine Verantwortung für die Verwendung der darin enthaltenen Informationen.

www.mauke-verlag.de